KB114900

무경 新무협 판타지 소설

FANTASTIC ORIENTAL HEROES

암제귀환록

압제귀환록 1

무경 新무협 판타지 소설

초판 1쇄 찍은 날 § 2014년 5월 26일
초판 1쇄 펴낸 날 § 2014년 6월 3일

지은이 § 무경
펴낸이 § 서경석

편집부장 § 권태완
편집책임 § 정수경

펴낸곳 § 도서출판 청어람
등록번호 § 제387-1999-000006호
등록일자 § 1999. 5. 31
어람번호 § 제2-2502호

주소 § 경기도 부천시 원미구 부일로 483번길 40 서경B/D 3F (우) 420-822
전화 § 032-656-4452 팩스 § 032-656-4453
http://www.chungeoram.com
E-mail § chungeorambook@daum.net

ⓒ 무경, 2014

ISBN 979-11-316-9034-5 04810
ISBN 979-11-316-9054-3 (세트)

무경 新무협 판타지 소설

FANTASTIC ORIENTAL HEROES

암제귀환록

1

암제귀환록

序章

　사람 한 명을 죽이는 데 있어 태산을 부술 힘 따윈 필요치 않다.

　필요한 것은 날붙이 하나와 약간의 요령, 그리고 적절한 때를 가늠하는 감각뿐.

　그러나 죽이고자 하는 것이 사람이 아닌 하늘이라면 얘기가 조금 달라진다.

1장

현월

핏물이 솟구친다.

비명 소리가 울린다.

깃대가 꺾이고 전각이 무너진다.

그 모든 것을 화마가 고요히 집어삼킨다.

무림맹 최후의 날, 하늘은 흉흉한 핏빛으로 물들었다.

죽음은 공평했다.

최후까지 저항하는 이, 목숨을 구명하고자 쫓겨 달아나는 이, 병기를 버리고 항복하는 이, 어느 누구 할 것 없이 비정한 칼날 아래 불귀의 객이 되어 갔다.

시체를 짓밟으며 진군하는 이들의 뒤로 거대한 전기가 나부낀다.

혈마천세(血魔天世)!

혈교의 무리.

기백 년 동안 무림맹에 의해 핍박받아 왔던 그들은, 억겁에 걸친 원한을 씻기 위해서라도 손속에 인정을 두지 않았다.

그렇게 죽음 뒤로 죽음만이 이어지는 가운데.

다 쓰러져 가는 전각 중 하나에 일개 무리가 모여 있었다.

마치 먹잇감을 앞에 둔 사냥개 무리 같은 원형의 포진.

그 포위망 한가운데에 있는 이는 흑의무복의 사내였다.

그리고 그는 결코 사냥개들의 먹잇감으로 보이진 않았다.

맹수를 겨우겨우 포위한 형국.

사내는 온몸에 상처를 입어 지쳐 있었다.

그럼에도 풍기는 기도는 수십의 고수를 주춤하게 했다.

"……."

사내의 아래로 수많은 시신이 널려 있었다.

원진의 뒤편에 서 있던 노인은 그 모습에 다시금 마른침을 삼켰다.

사내의 동향을 철저히 파악하지 않았다면 어찌 되었을까.

생각할수록 아찔해지는 기분이었다.

"궁지에 몰아넣고서 포위 공격을 감행했음에도 이 정도라니. 자네를 이 자리에서 놓쳤더라면 죽을 때까지 잠도 편히 이루지 못했을 걸세."

흑의무복 사내의 눈빛에 살기가 감돌았다.

"군사……."

노인, 무림맹 군사 유설태는 씁쓸히 웃었다.

"아직도 노부를 그렇게 불러주는가?"

"모든 것이 거짓이었소? 내게 내렸던 명령들, 내가 따라야 했던 살행은 모두 조작된 것이었단 말이오?"

"그러하네."

"어째서? 왜 배신했단 말이오?"

"자네도 이미 짐작하고 있을 텐데? 노부의 뿌리는 본디 혈교, 이는 배신이 아니네. 원래 돌아가야 할 곳으로 돌아간 것일 뿐."

사내의 눈빛이 흔들렸다.

"그럼… 그간 내가 제거했던 이들은?"

"무림맹의 충의지사. 한시도 혈교의 준동에서 눈을 떼선 안 된다고 주장하던 이들이었지."

"그렇다는 건……."

"자네는 무림맹의 칼날로써 혈교의 정적들을 제거한 것이네."

사내는 눈을 질끈 감았다.

딛고 있는 대지가 산산이 무너져 내리는 기분이었다.

'나는 대체……'

긴 세월 동안, 무림맹은 두 세력의 대립으로 몸살을 앓아왔다.

뿔뿔이 흩어져 지하로 스며든 혈교의 무리를 끝까지 찾아내 격멸해야 한다는 주전파와, 오랜 전란으로 피폐해진 무림을 재정비함이 우선이라는 온건파가 그것이었다.

군사 유설태는 온건파의 수뇌.

그는 사내에게 부탁했었다.

무림의 미래를 위해서라도 분란의 씨앗을 제거해 달라고, 전쟁광들을 없애 평화의 초석을 다져 달라고.

사내는 그러겠노라 했다.

그는 유설태를 믿었다.

산적 무리에 가족을 잃고 삶의 의욕을 잃은 사내를 거둔 이도 유설태였고, 상승의 비급과 갖가지 영약을 제공해 강자가 되게끔 만들어준 이도 유설태였다.

사내는 악착같이 살아남았고, 악귀처럼 스스로를 채찍질했다.

그리고 나이가 마흔에 이르기도 전에 무시무시한 위명을 얻었다.

암제(暗帝).

그러나 사내는 그 위명에 개의치 않았다.

그저 유설태의 명령에만 충실히 따랐을 따름이다.

그는 무림맹의 칼날, 암살자였다.

죽이라 하면 죽였고, 없애라 하면 없앴다.

그의 인생에 있어 가치 있는 것은 이미 남아 있지 않았기에, 그의 목숨은 유설태의 것이라 생각해 왔기에.

그러나 이 순간.

사내는 그 모든 것을 진심으로 후회했다.

"나의 모든 암살행은 무림맹 파멸의 초석이었단 말인가?"

무림맹은 사내의 희망이었다.

다시는 자신과 같은 이가 생겨나지 않기를 바랐고, 그 대의를 위해 무림맹에 충성했다.

그랬기에 찜찜한 명령이 있다 한들 애써 마음으로만 삭였다.

악명과 저주가 들려오더라도 한 귀로만 듣고 흘렸다.

자신의 암살행이 독으로써 독을 제압하는 과정이라 생각했다.

유설태를 믿었기 때문이다.

"당신을 믿었소."

"알고 있네. 그 덕에 혈교천하가 도래하게 됐다고 해도 과언이 아니네."

너무나 담담해서 도리어 치가 떨리는 대답이었다.

"내게 보여준 것들, 대체 어디까지가 진실이고 어디까지가 거짓이었소?"

"모두 진실이었네. 난 자네를 내 친아들처럼 아꼈네."

"그러나 죽여야겠다는 것이군."

"다른 방도가 없지 않은가? 혹, 혈교를 따르라면 자네는 그러겠나?"

사내는 고개를 저었다.

"그것 보게. 자네는 강해. 그런 데다 거대한 잠재력까지 지니고 있지. 지금 죽여 없애지 않는다면 혈교 최대의 적으로 자라날 걸세. 우리 모두가 밤을 두려워하게 될 테지."

"……"

"암제의 위명과 함께 오늘 이 자리에서 사라지게. 그 위명만큼은 혈교의 영광과 함께 영원불멸하게 될 것일세. 이것이야말로 자네에게 건네는 내 마지막 선물일세."

사내는 생기 잃은 눈으로 유설태를 응시했다.

흩날리는 불티와 연기 너머로 언뜻 눈보라가 비치는 듯했다.

눈보라가 몰아치던 날.

모든 것을 잃은 그에게 유설태가 다가와 말했었다.

"이제부터는 내가 네 아비가 되어 주마."

사내는 고개를 세차게 저었다.

"끝이 아니오."

"뭐라고?"

"지금껏 미련하게 이용만 당해왔지만, 나 역시 만약의 경우를 생각하지 않은 것은 아니오."

"무슨 소리를 하는 건가?"

사내는 앞섶을 살짝 열었다.

탄탄하게 균형 잡힌 흉부에는 기기묘묘한 술진이 그려져 있었다.

칼로써 상처를 내 그려낸 술진. 필경 혈교의 수법 중 하나였다.

유설태의 미간이 꿈틀거렸다.

"어떻게……?"

"제거 대상 중 하나는 손무의 광적인 신봉자였소. 적을 알고 나를 알아야 한다는 기치 아래 수많은 혈교의 서적을 수집해 두었더군. 그중에서도 하나만큼은 이중, 삼중의 봉인을 해 두었더군. 나머지야 불살랐다지만 그것만은 빼돌려 두었소. 필시 보통 서적이 아니리라 생각했으니까."

"대체 그 서적이 무엇이란 말이냐?"

"회귀대법서."

"……!"

유설태의 눈동자가 크게 흔들렸다.

그 이름이 의미하는 바를 알고 있었던 까닭이다.

"조사하는 데엔 꽤나 시간이 걸렸지만 말이오."

"자네가 정녕 그 술법을 펼쳤단 말인가?"

"만약을 대비해 몸에 새겨 두었지."

유설태의 얼굴이 일그러졌다.

조금 전까지 남아 있던 측은한 기색은 온데간데없이 사라져 있었다.

어쩌면 그것이야말로 그의 본모습일지도 몰랐다.

"멍청한 놈. 그건 지금껏 성공한 이 하나 없는 미완의 술법에 지나지 않는다."

"그래도 시도해 볼 가치는 있지 않겠소?"

"네놈이 결국 죽음을 재촉하는구나!"

유설태가 손을 들어 올렸다.

더는 말하지 않겠다는 의미.

그 손짓을 따라 혈교의 무인들이 짓쳐들어왔다.

"죽어라, 암제!"

사내는 검을 내던졌다.

낡은 서적에 적혀 있었던 범어를 나직이 속삭이며 유설태를 응시했다.

'만약 그때로 돌아갈 수 있다면······.'

사내의 눈이 형용할 수 없는 빛을 토했다.

"혈교는 밤을 두려워하게 될 것이다!"

푸푸푹!

몇 자루의 칼날이 사방에서 사내를 꿰뚫었다.

왈칵 피를 토한 사내의 몸이 천천히 무너졌다.

눈발 같은 불티만이 새빨개진 하늘 위로 느릿하게 치솟았
다.

바람을 타고서······.

갈색 낙엽이 열린 창가를 통해 방 안으로 흘러들어 왔다.

낙엽은 깃털처럼 하늘거리며 소년티를 채 벗지 못한 청년
의 콧등에 내려앉았다.

"으음······."

청년은 눈을 떴다.

조용히 주변을 둘러보고는 자신의 몸을 더듬었다.

이윽고 침상 옆에 놓여 있는 동경을 집어 들었다.

청년의 눈시울이 붉어졌다.

"돌아왔구나."

그가 아직 암제로 불리기 이전.

십칠 세의 청년, 현월이 그곳에 있었다.

*　　　*　　　*

드르륵!

별안간 방문이 열리더니 거친 목소리가 현월의 귓전을 때렸다.

"이 시각까지 늦잠이나 자고 있다니. 네놈이 간덩이가 부었구나!"

팔 척 장신의 거한이다.

갓 무림맹에 입맹했을 당시 현월을 비롯한 얼치기들을 가르쳤던 교관이었다.

'이름이… 맹우석이라고 했던가?'

생김새와 어울리게 무척 우직한 인물이었다.

훗날 암영대로 차출되기 전까지 많은 것을 그에게서 배웠었다.

현월이 옛 기억에 잠겨 있으려니 맹우석이 대뜸 멱살을 움켜쥐고 올렸다.

현월의 두 다리가 허공에 대롱대롱 매달렸다.

"멍하니 뭘 생각하고 있느냐? 아직도 잠이 덜 깬 모양이군."

"……."

"다른 네 동료들은 모두 준비하러 나갔다. 그런데도 아무
것도 느끼질 못하겠느냐? 훈련 첫날부터 이 모양인 놈은 처음
이군!"

"훈련… 첫날?"

"그렇다! 네놈이 누군지, 여기가 어딘지도 까먹은 것이
냐?"

현월은 생각에 잠겼다.

코앞에서 고래고래 소리치는 맹우석은 뒷전에 둔 채였다.

'훈련 첫날. 그렇다면 그날로부터 정확히 이십 년 전이로
군.'

무림맹이 멸망하고 암제 현월 역시 죽음을 맞이했던 날.

현월은 그로부터 이십 년 전의 과거로 돌아온 셈이었다.

'그렇다는 건, 현검문이 아직 멸문당하지 않았다는 소리
다.'

현월의 눈시울이 붉어졌다.

현검문.

현월의 아버지인 정의검(正義劍) 현무량을 문주로 둔, 하남
성에서도 제법 이름이 드높은 문파였다.

규모가 그리 크지 않았음에도 문주 현무량의 의협심과 실
력은 하남성 바깥에까지 퍼져 있었다.

때문에 하남성의 종주이자 정파무림의 일존인 소림에서도 여러 차례 사람을 보내 친목을 다졌을 정도였다.

그런 현검문이 멸문당한 것은 겨울.

천중산(天中山) 근역에 자리 잡은 산적 무리가 그 주인공이었다.

지금이 가을이니 몇 달 뒤의 일이 되는 셈이었다.

'산적 놈들……'

현월로서는 기억을 떠올리는 것만으로도 치가 떨렸다.

듣기로는 무려 이십여 개의 산채가 연횡을 한, 관에서조차 손을 대기 어려운 규모의 무리였다고 했다.

현검문은 관을 대신하여 그들에 맞섰다가 멸문당한 것이었다.

당시 현월의 나이는 열여덟.

어리다고 할 나이는 지났으나, 문제는 실력이었다.

'나는 약했다. 내 주변의 가족조차 지킬 수 없을 만큼.'

더군다나 그 당시엔 이미 무림맹에 입문한 뒤였다.

겨우겨우 사정하여 집으로 되돌아갔었지만, 현월을 맞이한 것은 폐허가 된 장원뿐이었다.

그 자리에 엎드린 채 얼마나 울부짖었던가.

하필 그때 현월을 거두어준 이가 유설태였으니, 운명의 장난은 너무도 지독했다.

'결국 그때 가문의 무공마저도 실전되고 말았지.'

현검문의 독문무공인 현화무량공(現華無量功).

비록 널리 알려지지는 않았다고 해도 그 기운의 정순함은 소림의 범천반야공(凡天般若功)에도 뒤지지 않는다는 평가를 받았다.

그러나 현월의 체질과는 맞지 않았다.

무공의 기본은 곧 기세의 발현. 살기가 되었든 투기가 되었든 내뿜고 확대함으로써 상대를 압도해야 한다.

기세에서 우위를 점해야 싸움에서도 우위를 점할 수 있는 것이다.

그러나 현월의 체질은 그렇지 않았다.

기운을 발하기는커녕, 끝없이 갈무리하고 숨기려 들었다.

마치 끝을 알 수 없는 무저갱처럼.

선천적으로 타고난 체질이었다.

정직한 검을 추구하는 현검문의 신조와 전혀 맞지 않는, 정직과는 너무나 거리가 먼 체질.

현월이 무공과 거리를 두게 된 것은 자연스런 수순이었고, 그 결과 현화무량공은 장남인 그가 아니라 여동생인 현유린에게 전수되었다.

'그리고 그 아이마저도……'

산적들의 습격 중에 목숨을 잃었다.

못다 핀 꽃봉오리가 야수 같은 산적 놈들 사이에서 어떤 고통을 겪었을지는 현월로서도 상상할 수 없었다.

"……."

기억을 되새김하는 현월의 눈빛이 젖어들었다.

그때 맹우석이 어이없다는 듯 투덜거렸다.

"늦잠을 자더니 이제는 우는 거냐? 행여 군사나 다른 어른들이 이 모습을 보셨다간 난리도 아니겠군."

그 순간 현월은 두 눈이 뜨이는 기분이었다.

'유설태!'

현 무림맹의 군사이자 실의에 빠진 현월을 거두어준 자.

아무것도 남지 않은 현월이 유일하게 의지할 수 있었던 자.

결코 용서할 수 없는 배신자.

현월은 멱살을 쥔 손을 떨치고서 맹우석을 노려보았다.

그저 응시하기만 했을 뿐인데도 맹우석이 움찔했다.

"뭐, 뭐냐?"

그는 자신이 움찔했다는 사실에 재차 놀랐다.

'이 맹우석이, 저깟 애송이에게?'

그가 어떻게 반응하건, 현월은 거리낌 없이 밖으로 향하고 있었다.

"자, 잠깐!"

맹우석이 손을 뻗어 현월의 어깨를 짚었다.

"어디를 가려는 것이냐?"

"생각 좀 하려고 한다."

너무나 자연스러운 하대. 전혀 어색함이 없었던 탓에 맹우석은 잠시 동안 멍함을 느꼈다.

'어럽쇼?'

평소라면 주먹부터 나갔을 맹우석이었지만 지금만큼은 왠지 모르게 꺼려졌다.

그 눈을 보았기 때문일까?

어쨌든 애써 생각을 떨치며 말했다.

"생각이라니, 무슨 생각 말이냐? 네놈이 해야 할 일은 생각 따위가 아니라 훈련에 참가하는 것이다."

현월이 고개를 돌려 맹우석을 다시 한 번 응시했다.

속내를 꿰뚫리는 듯한 그 눈빛에 맹우석은 마른침을 삼켰다.

'뭐, 뭐지?'

맹우석이 현월을 처음 본 것은 한 달 전이었다.

특별한 자질을 지닌 것도 아니었고 적극적인 것도 아니었다.

때문에 대강 살피고는 머릿속에서 지워 뒀었다.

그리 대단한 인재라고는 생각지 않았던 까닭이다.

지금은 아니었다.

눈앞에 있는 현월은 마치 전혀 다른 사람인 것 같았다.

칼날 중엔 그런 게 있다.

너무 날카로워 베인 직후에도 통증조차 느끼지 못하는 것.

한참이 지나서야 날카로운 격통을 불러오는 것.

지금의 현월이 딱 그런 칼날이었다.

"치워라."

스르륵.

자기도 모르게 어깨를 짚었던 손이 흘러내렸다.

맹우석은 깜짝 놀라 손과 현월을 번갈아 보았다.

현월은 말없이 맹우석을 일별한 후 걸어 나갔다.

맹우석은 말을 더듬으면서도 차마 현월을 뒤쫓지 못했다.

'저건 인간의 눈빛이 아니다.'

그 눈빛의 정체를 뒤늦게 떠올린 그가 식은땀을 흘렸다.

'맹수가 아니고서야 저렇게 날카로운 살기를 지닐 수 있단 말인가?'

*　　　*　　　*

'유설태!'

복도를 걷는 현월의 두 눈이 이글거렸다.

그에게 얽혀 있는 오랜 추억들이 머릿속에서 찢겨 나갔다.

무뚝뚝한 것 같으면서도 언뜻언뜻 보여주던 그의 친절.

그런 그를 죽은 아버지 대신으로 생각하던 자신의 마음.

그 모든 게 한데 얽혀 짓밟히는 기분이었다.

'죽이고 싶다.'

이미 죽음을 앞둔 그때 맹세했었다.

혈교와 관련된 모든 것을 없애겠노라고.

유설태는 그중에서도 가장 앞에 두어야 할 자였다.

'그러나 어떻게?'

우뚝.

현월은 걸음을 멈췄다.

이전이라면 간단했을 것이다.

어둠에 스며든 채 밤하늘을 가로질러 유설태가 있는 곳까지 가 목젖에다 칼날을 박아 넣었으리라.

어둠 속에서 태어나 어둠 속에서 자라난 자, 그것이 바로 암제라 불리는 존재였으니까.

그러나 지금은 아니었다.

"……."

현월은 두 손을 내려다봤다.

팔뚝은 흉터 하나 없이 새하얗고 손가락에선 군은살조차 찾아볼 수 없었다.

이십 년 동안 이루어놓은 모든 것이 말짱 도루묵이 되어 버렸다.

지금의 현월은 일개 문지기만도 못한 신세였다.

대호 앞의 개미 새끼도 이보다는 나을 것이다.

무지막지한 살기를 지녔다 한들 개미 새끼가 대호를 이길 순 없는 법이다.

맹우석 같은 자를 움찔하게 만들 순 있을지언정 유설태에 겐 조금도 통하지 않을 터였다.

'그렇다면 어떻게?'

도움이 될 자가 있을지 떠올려 본 현월은 한층 암담해지는 기분을 느꼈다.

그는 암제.

군사 직속 암영대를 이끄는 동시에 맹에 해가 됨직한 요인 을 제거하는 일을 맡았었다.

기본적으로 친분과는 거리가 멀 수밖에 없는 존재인 것이 다.

더군다나 현월은 가족을 모두 잃은 이래 그 누구에게도 정 을 주지 않았다.

그저 유설태가 죽이라 하면 죽이는 꼭두각시에 지나지 않 았다.

가까이 둘 이 하나 없는 신세.

무림맹 내의 어느 누가 혈교의 끄나풀인지조차 알지 못

한다.

그저 유설태와 가까운 이들이리라 짐작만 할 뿐이다.

'내가 제거했던 이들은 필경 아닐 테지만.'

그렇다고 그들에게 도움을 청할 수도 없다.

애초에 그들에게 있어 지금의 현월은 아무것도 아닌 존재였기에.

'일단은 웅크린 채 기회를 기다려야 하나?'

아무것도 모르는 척 힘을 기르며 기회를 엿본다.

현재 택할 수 있는 가장 좋은 방법이었다.

물론 그렇게 되면 유설태와도 자주 마주치게 될 터.

오장육부가 뒤틀리는 격노를 맛보면서도 속으로 삭여야만 하리라.

'그것을 내가 견딜 수 있을까? 유설태 그자가 아무 의심도 하지 않을까?'

분노를 삭이는 것쯤은 어렵지 않다.

그러나 최소한의 동요조차 숨길 수 있을지는 의문이었다.

유설태는 귀신보다도 눈치가 빠른 자.

현월에게서의 이질감쯤은 어렵잖게 간파할 수 있을 것이다.

'그자라면 필경 그럴 것이다.'

현월은 확신했다.

이십여 년 동안 유설태를 보아왔기에 가질 수 있는 확신이었다.

그렇다면 결론은 하나뿐.

'무림맹을 벗어나야 한다.'

돌아가야 할 곳은 애초에 정해져 있었다.

그 순간 현월은 처음으로 자신의 운명에 감사했다.

"집으로 가자."

*　　　*　　　*

탈맹 절차는 복잡하지 않았다.

비중 있는 인물이라면 모르되, 지금의 현월은 갓 입맹한 애송이에 지나지 않았던 것이다.

다만 탈맹 처리를 해주는 관원이 어처구니없다는 눈으로 쳐다보기는 했다.

"원한다니 해주기는 하네만, 이해를 할 수가 없구먼. 남들은 들어오고 싶어 안달이 난 곳을 제 발로 나가겠다니."

"……."

"이것을 상부에 넘기기만 하면 처리되네. 하지만 웬만하면 다시 생각해 보는 게……."

"되었소."

한마디로 관원의 말을 자른 현월이 몸을 돌렸다.

　현월은 관원의 혀 차는 소리를 들은 체 만 체 하고서 바깥으로 걸음을 뗐다.

　짐이라고는 간단한 식사와 물건들을 담은 봇짐 하나가 전부였다.

　허리춤에 맨 보자기가 가볍게 출렁였다.

　목적지는 하남성 여남(汝南).

　고향이었다.

2장

폐관 수련

오래되었지만 깔끔하게 정돈된 장원.

관례도 치르지 않았음직한 앳된 소녀가 마당을 쓸고 있었다.

끼이익.

쪽문이 열리는 소리에 소녀가 고개를 돌렸다.

거지꼴을 하고 있는 사내 하나가 비틀거리며 들어오고 있었다.

봉두난발에 옷은 잔뜩 헤어져 당장이라도 찢어질 기세였다.

간단한 세면조차 하지 않았는지 얼굴엔 때와 먼지가 얼룩이 되어 진득하게 눌어붙어 있었다.

'내쫓아야 하나?'

처음 소녀가 떠올린 생각이었다.

그러나 그 거지의 얼굴이 제법 낯이 익다는 생각이 이어졌다.

'설마?'

이윽고 소녀의 눈망울이 확대됐다.

"오라버니?"

거지꼴로 돌아온 사내는 현월이었다.

숨을 몰아쉬던 현월이 소녀를 돌아봤다.

그의 두 눈동자가 촉촉하게 젖었다.

"유린아……!"

"오라버니? 대체 어떻게 된 일이에요?"

소녀, 현유린은 당황한 눈치였다.

그럴 수밖에 없는 게, 현월이 무림맹으로 떠난 지 세 달이 채 지나지 않았던 것이다.

결코 길다고는 할 수 없는 시간.

하물며 밑바닥에서부터 시작해야 하는 현월이 벌써부터 휴가를 냈을 리는 없었다.

게다가 지금의 몰골 역시 이상했다.

고향에 돌아오는 이가 이런 거지꼴로 나타난다는 건 뭔가 문제가 있다는 의미밖에 안 됐다.

현월은 힘겨운 걸음으로 다가와 현유린을 끌어안았다.

시큼한 냄새가 코끝을 자극했지만 현유린은 내색하지 않았다.

"오라버니……."

"미안하다. 정말 미안해. 그래도 잠시만 이러고 있으마."

현월이 눈물을 흘리는 중에도 나직하게 말했다.

"전 괜찮아요. 다만 오라버니가……."

"나도 괜찮다."

"정말이에요? 설마 녹림채 무리에게 습격이라도 당하신 건……."

그녀가 떠올릴 만한 생각은 그런 종류였다.

무림맹에 가는 길에 산적 떼에게 습격당해 가진 걸 모두 빼앗겼다거나 하는 이야기.

형언할 수 없는 갖은 고생을 하다가 겨우 집으로 되돌아온 게 아닐까?

그리 새삼스러울 것도 없는 생각이다.

더군다나 지금의 현월의 몰골과도 맞아떨어졌다.

"아니, 아니다. 습격 같은 건 없었어. 다만 바삐 돌아오느라 이렇게 됐다."

"바삐 돌아오셨다니요?"

그제야 몸을 뗀 현월이 진중한 표정으로 물었다.

"집에는 별고 없었고?"

"네? 아, 네. 아무 일도 없었어요."

현월의 눈이 다시금 촉촉해졌다.

"다행이군. 정말 다행이야."

"오라버니?"

현유린은 여전히 혼란스러웠다.

그녀의 오라비가 이렇게나 쉽게 눈물을 보이는 사람이었 던가?

물론 현월의 사정을 알았다면 그런 생각은 하지 않았을 것 이다.

현월도 그 사실을 알았지만 별다른 설명을 하진 않았다.

회귀대법과 미래의 일에 대해 말해봐야 역효과만 날 것임 을 알고 있었기 때문이다.

'내가 미쳤다고나 생각하지 않으면 다행이겠지.'

우선은 대강 얼버무리는 수밖에 없었다.

현월은 그녀에게 물었다.

"아버지께선 지금 어디에 계시지?"

"거의 모든 문도를 데리고 나가셨어요. 시내에서 문파 간 의 경연이 있는 날이거든요. 저와 신입 제자 몇 명만 이곳에 남았어요."

"그래. 그럼 어머니부터 뵈어야겠다. 어머니는 안채에 계
시지?"

"네. 그런데 오라버니……."

현유린의 시선이 현월의 위아래를 훑었다.

그제야 현월도 자신의 꼴이 어떤지 자각했다.

"또다시 불효를 할 뻔했구나. 이런 꼴로 어머니를 뵈려 했
다니."

"물 받아놓을 테니 우선 씻으세요."

"그래야겠다."

잠시 뒤 현월은 물이 가득 찬 목욕통에 몸을 담글 수 있었
다.

적당히 데워진 물에 몸이 들어가니 그간의 피로가 한꺼번
에 몰려오는 듯했다.

"후우."

현월은 지난 한 달을 떠올리며 한숨을 뱉었다.

집으로 돌아가겠다는 일념 하나로 길에 올랐고, 정처 없이
걷기만 했다.

때로는 산등성이 중간에서 노숙을 하기도 했고, 때로는 강
가나 개천에서 물고기를 낚아 허기를 채우기도 했다.

그러면서 철저하게 느낀 것은 자신의 무력함이었다.

'내력도 육체도 과거의 상태 그대로다.'

당연하다면 당연한 일이었다.

회귀대법을 통해 과거로 돌아온 것은 현월의 정신뿐이었으니 말이다.

무공에 대한 지식이야 있다지만 그것이 몸에 새겨지지는 않은 상태. 정말 무림맹의 하급 무사만도 못한 신세였다.

그나마 다행한 점도 있긴 했다.

육체와 전투력은 형편없었으나, 암제로서 쌓아놓은 지식과 살기를 조절하는 능력, 축적해 놓은 경험만큼은 그대로였던 것이다.

그 덕에 맹수들의 영역을 피해 다닐 수 있었고, 산과 들에 발에 채이도록 널려 있다는 도적들과도 마주치지 않았다.

그저 한 달 내내 걷고 또 걷느라 몸이 축났을 따름이다.

지금도 가죽이 벗겨지다시피 한 발바닥이 얼얼했다.

만지기만 해도 심각한 쓰라림이 엄습했다.

"그래도 결국은 돌아왔다."

현월은 작게 중얼거렸다.

동생의 아리따운 얼굴과 향긋한 체취, 낭랑한 목소리와 나직한 숨소리.

그 얼마나 그리워한 것이었던가.

그 아이를 다시 볼 수 있다는 것만으로, 현월은 감사하고 또 감사할 따름이었다.

"오라버니, 밖에 새 옷을 놔두었어요. 다 씻으면 그걸 입으세요. 입고 온 옷은 버려도 되죠?"

바깥에서 현유린의 목소리가 들려왔다.

"그렇게 하려무나."

잠시 후 현월은 물통 밖으로 나왔다.

그때 창밖으로 앙상한 가지 하나가 보였다.

이제는 갈색으로 변한 이파리마저 거의 다 떨어져 한층 쓸쓸해 보이는 나목이었다.

겨울이 다가오고 있다는 의미였다.

"앞으로 몇 달이나 남았을까."

여정 내내 어서 빨리 무공을 익혀야 한다는 조바심에 시달렸던 현월이다.

그럼에도 집으로 오는 데에만 집중한 이유가 이것이었다.

시간이 얼마 남지 않았다.

어쩌면 녹림도들은, 이미 현검문을 쓸어버릴 구상까지 끝마쳤을지도 모른다.

"……."

현월은 입술을 깨물었다.

머릿속에서는 눈보라치던 날의 시린 기억이 떠오르고 있었다.

시체처럼 처참하게 무너져 있던 장원의 모습.

그것만으로도 대략적인 상황이 머리에 그려지는 듯했다.

불길 아래 무너져 가는 장원.

칼에 맞아 쓰러지거나 사방으로 달아나는 문도들.

고함과 광소를 터트리며 남녀노소를 불문하고 학살해 대는 녹림도들.

그 아래 어딘가에서 차디찬 주검으로 식어버린 여동생의 모습.

"크으."

현월은 이를 악물었다.

"다시는 그런 일이 벌어지게끔 두지 않는다. 절대로!"

낮게 중얼거리고 밖으로 향했다.

현유린이 말했던 대로 잘 정돈된 옷이 문 앞에 놓여 있었다.

현월은 대강 물기를 닦아내고서 옷을 입었다.

이제 좀 사람 모습이 됐다는 느낌이 들었다.

때와 먼지가 지워지고 나니 본래의 용모가 드러났던 것이다.

옥면공자 소리를 들을 정도까진 아니지만 제법 준수한 편인 현월이었다.

물론 그런 용모에 대해 특별히 자각한 적은 없었다.

그저 이제야 사람 구실 정도는 하겠구나 싶을 뿐이었다.

그때 장원이 소란스러워진 게 느껴졌다.

대문이 있는 곳에서 여러 사람의 목소리가 섞여 들려왔던 것이다.

경연에 참여했다는 문도들이 돌아온 것이 분명했다.

과연 현유린이 곧장 현월에게 다가왔다.

"오라버니, 아버지께서 오셨어요."

"마침 잘됐구나. 인사를 드려야겠어."

현월이 대문 쪽으로 향하려 하자, 현유린이 옷자락을 살짝 붙들었다.

"정말 괜찮으시겠어요?"

그녀의 얼굴에 걱정이 가득했다.

하기야 그녀도 지금 상황에 대해 생각 정도는 했을 것이다.

도적들에게 털렸든 다른 이유가 있어 돌아왔든 꾸지람은 피할 수 없으리란 것도.

전자라면 무능함 때문에 혼날 테고, 후자라면 무책임함 때문에 혼날 게 분명했다.

현월은 쓴웃음을 지었다.

'난 겨우 이런 존재였구나.'

하나뿐인 여동생마저 걱정 어린 눈으로 쳐다볼 수밖에 없는, 한 집안의 장남이면서도 그에 걸맞은 자격을 지니지 못한.

유약한 존재.

그러나 더 이상은 아니었다. 아니, 앞으로는 그렇지 않을 터였다.

"난 괜찮아. 너무 걱정하지 않아도 된다."

"하지만……."

"이 오라비를 믿으렴."

현월은 그렇게 대답하며 여동생의 머리를 쓰다듬었다.

현유린은 여전히 걱정스런 표정이었지만, 더 이상 현월을 붙들진 않았다.

믿기 때문이라기보다는 오라비에 대한 예의가 아니기 때문이란 느낌이 물씬 풍겼지만 내색하지 않았다.

현월은 떳떳한 걸음으로 걸어갔다.

문도들은 흥분을 채 가라앉히지 못한 모습이었다.

표정이나 흥분한 기색을 보아하니 경연에서 꽤나 좋은 성과를 거둔 듯했다.

그리고 그 와중.

바위처럼 엄격한 얼굴을 한 중년인이 있었다.

"아버지."

현월의 목소리에 중년인, 현검문주 현무량이 고개를 돌렸다.

그의 눈동자가 크게 흔들렸다. 반가움보다는 황당함에 가까운 반응이었다.

"아니, 너는 월이가 아니냐."

"예. 격조했습니다, 아버지."

고작 세 달 만에 재회한 부자 사이의 인사로는 적절치 않았다.

그러나 실제로는 이십여 년 만에 아버지와 재회한 현월이었기에, 그 외의 다른 말은 도무지 떠올릴 수 없었다.

현무량은 현월의 대답을 크게 신경 쓰지 않았다.

그럴 수밖에 없는 게, 그보다 중대한 사실이 놓여 있었던 것이다.

현월이 이곳에 있다는 것 자체가 문제였다.

"네가 어찌 여기에 있는 게냐?"

뒤따라온 현유린이 끼어들려고 했다. 그러나 현월은 손을 들어 그녀를 제지했다.

지금은 오롯이 현월 혼자 맞서야 할 시간이었다.

"무림맹을 탈퇴했습니다."

"……!"

청천벽력 같은 선언에 현무량이 두 눈을 크게 떴다.

현유린도 깜짝 놀란 듯 두 손으로 입을 가렸다.

한참 동안 씩씩 숨을 고르던 현무량이 물었다.

"지금, 무림맹을 탈퇴했다고 한 것이냐?"

"그렇습니다."

"네 녀석이 감히!"

와장창!

현무량과 얼마 떨어지지 않은 곳에서, 장독 하나가 폭발했다.

분노를 발산한 것만으로 주변의 공간에 여파를 준 것이다.

무시무시한 분노에 문도들도 현유린도 숨을 죽였다.

인자하기로 소문난 그가 이렇게까지 분노한 적은 이제껏 없었다.

그 와중에도 현월은 차분했다.

흘러나오는 목소리에도 떨리는 기색은 조금도 없었다.

"화를 내시는 것 이해합니다. 아버지께서 저의 입맹을 위해 얼마나 노력하셨는지도 알고 있습니다."

"그걸 안다는 녀석이 그곳을 팽개치고 돌아왔다는 말이냐!"

현월은 대답하지 않았다.

현무량은 수염을 파르르 떨면서도 애써 분노를 삭였다.

여남 최고의 군자 소리를 듣는 인물다운 자제력이었다.

"어디, 이유나 들어보자꾸나. 도대체 어째서 무림맹을 탈퇴하고 돌아온 것이냐?"

"그곳은 더 이상 아버지께서 생각하시던 곳이 아니기 때문입니다."

"그게 무슨 소리냐? 당장 설명해 보아라."

"자세한 내용은 지금 당장 말씀드리기 어렵습니다."

"말할 수 없다니. 이 아비에게도 말이냐?"

"예. 죄송합니다."

꽉 쥐어진 현무량의 주먹이 부들부들 떨렸다.

당장 문도들의 눈앞에서 살인이 일어나도 이상할 게 없는 상황이었다.

현무량은 분노를 애써 가라앉혔다.

그러나 분노가 사라진 것은 아니었다.

화산과도 같던 것이, 이제는 얼음장과 같은 차가운 감정으로 변했을 따름이다.

"돌아가라."

현무량이 바깥을 가리켰다.

"네가 이 아비의 뜻을 저버리고, 그 이유마저 설명할 수 없다면 내가 할 수 있는 말도 이것뿐이다. 무림맹으로 돌아가거라. 내가 서신을 새로 써서 줄 것이다. 그것을 가져가 사정사정한다면 다시 입맹할 수도 있을 것이니, 지금 당장 돌아가라!"

"다시는 그곳으로 돌아가지 않겠다고 결심했습니다, 아

버지."

"네가 정녕 이 아비의 뜻을 저버리겠다는 말이더냐?"

"제 결심은 확고합니다."

현무량은 이를 악물었다.

마음만 먹는다면 현월의 팔다리를 분질러 서안으로 향하는 마차에 실어 버릴 수도 있었다.

그러나 그렇게 과격한 방법을 쓸 정도로 현무량이란 인물이 독하지는 않았다.

그렇기에 그의 가슴속은 찢어질 것만 같았다.

'무엇이 저 아이의 마음을 바꾼 것인가.'

고작 세 달이다.

세 달 전만 해도 현월에게는 원대한 포부가 있었고 의욕이 있었다.

"현화무량공은 제 체질과 맞지 않으니 무림맹으로 가고 싶습니다. 그곳이라면 필경 제 체질과 맞는 무공을 얻을 수 있을 것입니다."

그 말을 했던 것은 현월 본인이 아니었던가.

"아버지와 현검문의 이름에 먹칠을 하지 않는 사람이 되어 돌아오겠습니다."

아들은 그 말을 남기고서 서안으로 떠났다.

그때만 해도 아들의 두 눈동자는 총명한 빛을 발하고 있었다.

지금은 아니었다.

대체 세 달이란 기간 동안 무슨 일이 있었는지, 현월의 눈매는 완전히 달라져 있었다.

피로 칠갑이 된 수라도를 뚫고 온 무인이 저러할까.

차갑게 가라앉아 있는 눈은 차라리 암살자의 것을 닮아 있었다.

'저게 정녕 내 아들인 월이가 맞는가?'

한순간 아들의 인피면구를 쓴 자객이 아닐까 하는 생각마저 들었다.

그러나 눈앞에 있는 이는 분명 그의 하나뿐인 아들이었다.

형언하기 힘든 혼란 속에서, 현무량은 어렵게 한마디를 내뱉었다.

"폐관에 들어가라."

"……."

"겨울 내내 폐관에 들어가도록 해라. 봄날의 꽃이 피기 전까지는 절대 나와선 안 된다. 그때까지 나는 네 탈맹을 취소할 방도를 찾겠다."

"아버지."

"네게 무슨 충동이 있어 이런 짓을 벌였는지는 모르겠다. 그러나 나는 네 결정을 받아들일 수가 없다. 그러니 폐관 수련에 매진하며 네 오판을 반성하도록 해라!"

"알겠습니다."

현월은 순순히 대답했다.

"대신… 그전에 어머니를 한 번만 뵈어도 되겠습니까?"

"어리광이라도 부릴 생각이더냐?"

"아닙니다. 집에 도착했으니 인사를 드리려는 것뿐입니다."

"고작 세 달 만에 돌아온 것이거늘, 꼭 보아야겠다는 것이냐?"

"제게는 이십 년과 같은 세 달이었습니다."

"……."

현무량은 대꾸하지 않은 채 바깥채로 걸어갔다.

그것이 무언의 허락임을 깨달은 현월이 깊이 고개를 숙였다.

*   *   *

장원의 안채.

모자는 말없이 서로를 응시하고 있었다.

"그래서, 결국은 집으로 돌아왔다는 거로구나."

"예, 어머니."

"후회하지는 않으니?"

"후회는 전혀 없습니다."

"그렇구나. 그렇다면 이 어미는 되었다. 네가 그리 결정한 데엔 필시 이유가 있겠지."

중년의 여인, 현월의 어머니인 채여화의 목소리는 차분했다.

마흔 줄에 접어든 나이였음에도 그녀의 얼굴엔 세월의 흔적이 별로 없었다.

젊었을 적에도 대단한 미색이었는데, 그것은 지금에 이르러서도 크게 다르지 않은 듯했다.

현무량과는 달리 그녀는 크게 노하지 않은 모습이었다.

본디 농가의 여식인 이유도 있겠지만, 원래부터 현월의 무림맹행에 부정적이었던 것이 컸다.

"나는 항상 네가 학사나 관리가 되었으면 하고 바랐단다. 이 못난 어미를 닮은 탓이겠지만, 너와 무공은 그다지 어울리지 않았으니 말이다. 그 때문에 항상 네게 미안한 마음이었단다."

"그런 말씀 마세요, 어머니."

대답하는 현월의 목소리는 가늘게 떨렸다.

아버지와 어머니를 대하는 태도가 다를 수밖에 없는 것은 아들이 된 자의 어쩔 수 없는 숙명인 모양이었다.

어머니의 한마디, 한마디가 현월을 울고 싶게 만들었으니까.

아마도 그 안에 내재된 포근함 때문이 아닐까.

이십 년에 가까운 세월 동안 암제로서 고독일로를 걸어야만 했던 현월에겐, 그 무엇보다도 이 포근함이 약점일 수밖에 없었다.

그렇기에 현월은 비로소 실감했다.

'돌아왔구나.'

이곳이 집이었다.

엄격한 아버지와 상냥한 여동생, 언제나 아들 생각에 노심초사인 어머니가 있는 곳.

그 누구도 감히 침범해서는 안 될 영역.

지금부터 현월 자신의 손으로 지켜야만 하는 곳이었다.

"그래서, 오늘부터 바로 폐관에 들어간다는 거로구나."

"예. 당분간은 뵙기 힘들 것 같습니다."

"이 어미가 따로 말씀을 드릴까?"

"괜찮아요, 어머니. 폐관은 저도 바라고 있었던 거니까요."

미묘한 대답에 채여화의 눈에 의문의 빛이 잠간 동안 스쳤다.

하지만 그녀는 현월에게 꼬치꼬치 캐묻지는 않았다.

"네가 바라는 대로 하려무나. 이 어미는 항상 널 믿고 있으니, 그 점만은 잊지 말아다오."

"예… 어머니."

현월은 감사함을 담아 큰 절을 올렸다.

그것은 어머니에게 향한 것인 동시에 스스로를 채찍질하는 의식이기도 했다.

'나는 이곳을 지킬 것이다.'

언젠가는 유설태를 다시 봐야 할 테고 혈교의 무리와도 결판을 내야 할 것이다.

혈교천하의 깃대를 꺾고 그들 모두가 밤을 두려워하게끔 만들어야 할 것이다.

그러나 그 모든 것의 가장 앞에 존재하는 사실은 이것이었다.

집을, 고향을, 가족을 지켜야 한다는 사실.

이곳은 현월의 성역이었다.

* * *

끼기기기긱.

거대한 철문이 요란스런 소리를 내며 안으로 닫혔다.

창문 하나 마련되지 않은 연공실에는 끝없는 어둠과 고요만이 가득했다.

보통 사람이라면 이곳에 있는 것만으로 미칠 것 같은 기분이리라.

그러나 현월에게 있어 어둠과 고요는 요람과도 같았다.

"좋구나."

아늑한 기분에 현월은 미소를 지었다.

무공에 대한 지식은 이미 머릿속에 있었다.

우선 집으로 돌아오는 게 급선무였기 때문에 익히지 못했을 뿐이다.

그리고 이제 돌아왔으니, 다시 무공을 익히는 데엔 어떤 문제점도 없었다.

아니, 아주 없진 않았다.

"역시 시간이 촉박해."

남은 기간은 길게 잡아 봐야 석 달 미만.

그것도 정확하다고 보기는 어려웠다.

아무래도 오래전 일인지라 기억이 흐릿했다.

선명한 것은 그날 느꼈던 슬픔과 분노 같은 감정들뿐.

현월은 좌우로 고개를 저었다.

"과거의 기억은 접어두자. 지금 집중해야 할 것은 무공 수련에 대한 것이니."

무공.

그것이 결국 문제였다.

현월이 익혔던 심공은 암천비류공(暗天飛流功).

칼 한 자루만으로 현월이 밤을 평정하고 암제로서 군림하게끔 해준 무공이었다.

애초에 암천비류공은 정파가 아닌 혈교의 무공이었다.

더군다나 암천비류공의 비급을 현월에게 준 이는 다름 아닌 유설태였다.

"이걸 대성할 수 있는 자는 아마도 너 하나뿐일 것이다."

유설태는 그리 말했고, 실제로 현월은 암천비류공의 대부분을 소화해 냈다.

다만 마지막 깨달음만큼은 얻지 못했고, 그로 인해 암천류의 시조(始祖)라 할 수 있는 암황(暗皇)의 경지에까진 이르지 못했다.

그것만으로도 표적들을 처리하기엔 문제가 없었지만 말이다.

"역시 이것뿐이겠지."

배신자인 유설태의 도움을 받아 익혔다는 사실은 그리 큰 문제가 아니었다.

그 뿌리가 혈교에 있다는 것 역시.

약간 찝찝하긴 하되 꺼릴 만한 점은 결코 아니었다.

힘의 역학 관계 앞에서 다소간의 감정은 큰 문제가 되지 않았다.

무엇보다도 강해지는 것이 우선이었기에.

그것은 과거에도 마찬가지였기에 암천비류공을 익혔던 것이다.

'진짜 문제는 따로 있다.'

바로 암천비류공이 대기만성형의 무공이란 점이었다.

경지에 들어선다면 천하에 두려울 것이 없으나, 그러기까지의 과정이 매우 힘들고도 길었다.

시간이 얼마 없는 현월에게 있어서 이는 큰 문제였다.

"차라리 다른 무공을 먼저 익힐까?"

양에 대해 가장 잘 아는 건 목동 아니면 늑대다.

늑대의 입장에서 평생을 살았던 현월 역시 상당수의 정파 무공을 머릿속에 새겨 두고 있었다.

그중에는 빠르게 익힐 수 있으면서도 상당한 위력을 자랑하는 무공들이 즐비했다.

한 달 내에 녹림도들에 맞설 수 있는 경지를 이룩하는 것도 가능할지 몰랐다.

"하지만 역시나 최선은 아니야."

무공, 특히나 심공은 가장 처음 익히는 게 무엇이냐가 무척 중요하다.

이는 무인의 체질과도 밀접한 연관을 지녔다.

애초에 무림맹으로 갔던 것부터가 현화무량공이 체질에 맞지 않았기 때문 아니던가.

현월과 가장 잘 맞는 것은 몇 번을 생각해도 암천비류공이었다.

다른 무공들은 체질상의 문제 때문에라도 익힌다 한들 완전한 위력을 내기 힘들다.

최대한 높게 잡아도 본래의 칠, 팔 할 정도일까?

반면 암천비류공은 달랐다.

현월만을 위한 무공이 아닐까 싶을 정도로 잘 맞았다.

더군다나 암천비류공이 내력의 기반이 된다면, 여타 무공 역시 구 할 이상의 위력을 보일 수 있을 터였다.

그것만은 확실했다.

결국 문제는 시간에 따른 효율.

조금 더 안전한 길을 모색하느냐, 힘들더라도 더 큰 성과를 내는 길로 가느냐.

둘 중 하나였다.

"……."

한참을 침묵하던 현월은 결국 마음을 정했다.

"언제나 쉬운 길을 택한 적은 없었지."

현월은 어둠 속에서 정좌한 채 호흡을 가라앉혔다.

스스로의 의식을 깊고 깊은 무저갱 속으로 밀어 넣었다.

그 와중에도 머릿속으로는 암천비류공의 구결을 떠올리고 있었다.

우선은 거기서부터 모든 것을 시작할 생각이었다.

폐관 수련의 첫날은 그렇게 저물어 가고 있었다.

3장

첫 사냥

현검문의 장원.

나이 어린 문도들이 옹기종기 모여앉아 두런두런 이야기를 나누고 있었다.

그들의 화젯거리는 역시 현월이었다.

무림맹으로 떠난 지 세 달 만에 돌아온 현검문의 장자는 여러 모로 이야깃거리일 수밖에 없었다.

본디 돌아온 탕아라는 주제 자체가 남들의 입방아에 오르내리기 편한 것이었다.

물론 현월을 탕아라 부를 수야 없겠지만.

"대체 도련님은 왜 돌아온 걸까?"

"이유야 뻔하지. 무림맹이 도련님한테 버거운 곳이니 버티지 못한 것 아니겠어?"

"크큭. 하기야 칼보다 먹물이 어울릴 양반이니."

문도들은 현월을 '도련님' 이라고 불렀다.

얼핏 보면 높이는 듯한 표현이었지만 그 실상은 달랐다.

세상 물정 모르는 철부지라는 의미였으니 말이다.

실제로 문도들의 얼굴엔 비웃음이 가득했다.

"문주님만 불쌍하게 됐지, 뭐. 도련님을 무림맹에 밀어 넣으려고 꽤나 노력하신 모양이던데."

"무림맹을 탈퇴했다고 자랑스럽게 말하는데 어처구니가 없더군."

"쳇. 누구는 들어가는 게 평생의 소원인데 고마운 줄도 모르고."

"잘나신 양반이 아랫것들의 고충을 알겠냐?"

"흥. 능력 따윈 쥐뿔도 없이, 그저 문주의 자식으로 태어났다는 것만으로 대접받는 운 좋은 녀석. 기회만 되면 눈앞에서 설설 기게 만들고 싶은데."

문도들이 그렇게 불평 섞인 이야기를 늘어놓고 있을 때였다.

"지금 그 말, 오라버니에 대한 건가요?"

노기 어린 목소리가 끼어들었다.

그 청명한 옥음에 대해 모르는 이는 현검문 내에 없었다.

"……!"

문도들은 찔끔하여 일어섰다.

얼마 떨어지지 않은 곳에서 현유린이 허리에 두 손을 얹은 채 그들을 노려보고 있었다.

"사, 사매……."

그나마 연배가 있는 사내가 대표 격으로 조심스레 운을 뗐다.

그의 얼굴을 확인한 현유린이 매섭게 쏘아붙였다.

"백 사형께서도 이런 시정잡배들이나 할 법한 대화에 가담하고 계셨군요. 정말 실망했어요."

사내, 현검문의 칠제자 백구용이 얼굴을 붉혔다.

"모, 못할 소리를 한 것은 아니잖은가?"

"못할 소리가 아니라고요? 언제부터 현검문의 문도들이 뒤에서 남의 흉이나 봤던가요? 반성하지는 못하고 변명하려는 것을 보니 더욱 실망스럽네요."

"사매야말로 자기 오라비라고 너무 감싸는 것 아닌가? 비록 문주님의 아들이라고는 해도 실력만큼은 우리보다 현격히 떨어지지 않는가."

"실력이 모자라니 인정할 수 없다는 건가요?"

주저하던 백구용이 결국 사실대로 말했다.

"그래! 솔직히 말하자면 무림맹에 들어갈 자격을 지닌 사람은 사매의 오라비가 아니라 사매였지 않던가?"

적반하장 격인 태도에 현유린은 살짝 당황했다.

"……제게 그런 자격 같은 건 없어요."

"정말 그럴까? 사매의 실력이라면 후기지수 중에서도 손에 꼽힐 거라 생각하는데? 사매가 무림맹에 입맹했다면 단번에 위로 치고 올라갔을 게야."

백구용의 말은 기실 현검문 내의 여론이기도 했다.

그것을 알고 있기에 현유린도 더 이상 역정을 내기 어려웠다.

무림맹 입맹은 결코 쉬운 일이 아니다.

문지기나 경비 같은 일이라면 모르되, 맹의 직속 무사로 들어가는 것은 생각만큼 간단한 일이 아니었다.

하물며 현검문 같은 군소 문파라면 더더욱.

실제로 현무량이 현월을 입맹시키기 위해서 들인 자금과 노력은 상당했다.

그렇기에 휑하니 돌아와 버린 현월에게 분노할 수밖에 없었던 것이고 말이다.

때문에 약간이지만 현월이 야속하기도 했다.

'오라버니도 그 사실을 알고 계셨을 텐데……'

그럼에도 현월은 돌아와 버렸다.

그 사실만으로도 현검문의 문도들은 현월을 좋게 볼 수가 없었다.

그것은 현유린 역시 이해할 수 있는 부분이었다.

자기들은 백날을 노력해도 갖기 힘든 것을, 너무나 허무하게 걷어차고 돌아와 버렸으니 말이다.

현유린의 목소리에서 노기가 사라졌다.

"그래도… 오라버니를 나쁘게 말하지 마세요. 오라버니에게도 사정이 있었을 거예요."

"아버지에게조차 말할 수 없는 사정 말인가? 사매는 정말 그런 게 있을 거라 생각해?"

"그게 무슨……."

"순순히 인정하라고. 그 작자는 결국 견디지 못하고 도망친 거야. 무림맹이라는 큰 벽을 넘지 못하고 달아난 거라고."

현유린은 입술을 깨물었다.

사그라졌던 노기가 다시금 치솟았다.

"그만하세요. 오라버니에 대한 모욕을 한마디만 더 담는다면 가만있지 않겠어요."

"으음……."

서슬 파란 그녀의 경고에 백구용은 입을 다물었다.

비록 항렬상으로는 그가 위라지만, 어쨌든 현유린은 문주의 딸이었다.

실력 역시 그들보다 월등히 뛰어났고 말이다.

"아, 알겠어. 다시는 사매 앞에서 그자를 헐뜯지 않겠어."

"제 앞에서만이 아니라 다른 곳에서도 그러지 마세요."

"무, 물론 그래야지."

건성으로 대답한 백구용과 문도들이 슬금슬금 멀어졌다.

아마 그들이 약속대로 행동할 가능성은 무척 낮을 터였다.

그들의 뒷모습을 바라보던 현유린은 무거운 한숨을 내쉬
었다.

"오라버니, 대체 왜……."

솔직히 그녀 역시 현월을 원망하고 있었다.

백구용의 말마따나, 그녀에겐 당장 무림맹 내에서도 인정
받을 만한 실력이 있었던 것이다.

물론 아버지가 그녀 대신 현월을 보낸 이유는 알고 있었다.

그녀는 이곳에 남아 현검문의 뒤를 이어야 했다.

하지만 경험의 기회란 측면에서 본다면, 역시 무림맹의 자
리가 탐날 수밖에 없었다.

현화무량공과 현검문의 검법인 현무십검(玄武十劍)은 확실
히 뛰어나다.

그러나 절고의 무공이라고 하기에는 상당히 부족했다.

빼어난 재능을 바탕으로 어린 나이에 현검문의 이인자가

된 그녀로서는 그 사실을 누구보다 뼈저리게 느끼고 있었다.

'이대로라면 서른이 되기 전에 아버지를 능가할 수 있을지도 몰라.'

그 말은 곧 현화무량공과 현무십검을 대성하게 되리라는 것.

결코 허무맹랑한 소리가 아니었다.

그 정도로 현유린의 무재는 뛰어났던 것이다.

과연 그때 가서 그 정도 성취에 만족할 수 있을지, 현유린은 쉽사리 확신할 수 없었다.

그녀 역시 한 명의 무인.

무에 대한 욕심만큼은 그 누구에게도 뒤처지지 않았다.

성격적으로 어머니인 채여화보다는 아버지인 현무량을 많이 닮아 있는 그녀였다.

어찌 보면 현월과는 반대라 볼 수 있었다.

현유린은 애써 고개를 저었다.

"바보 같으니. 아직 닥치지도 않은 일을 걱정해 봐야 무슨 의미가 있겠어? 쓸데없는 걱정은 심화를 키울 뿐이야."

혼잣말을 중얼거린 그녀의 생각이 다시 현월에게로 향했다.

"오라버니는 괜찮을까?"

현월이 폐관에 들어간 지도 열흘이 지났다.

연공실 내부에 벽곡단과 물이 있으니 식사에는 지장이 없을 테지만, 끝없는 고독과 어둠은 견디기 힘들 터였다.

그녀 역시 어릴 적에 폐관에 든 적이 있었고, 그곳의 고독과 어둠에 미칠 것만 같은 경험을 했다.

결국 이레를 버티지 못하고 나와야만 했고, 한 달 가까이 후유증을 겪어야 했다.

언제나 남편에게 순종적이던 채여화가 눈물을 쏟아내며 분노했던 적은 그때가 처음이자 마지막이었다.

현무량 역시 그때의 일을 두고두고 후회했고 말이다.

그런 폐관을 현월이 겪게 된 것이다.

그녀로선 자연히 걱정이 될 수밖에 없었다.

물론 그녀야 어릴 적에 겪었던 일이라 그랬을 뿐이고, 성인이 된 지금은 어둠이나 고독은 그리 큰 문제가 되지 않았다.

'다만……'

동생 입장에서 이러는 게 현월의 자존심에 상처가 되리라는 걸 알면서도 걱정하지 않을 수가 없었다.

"역시 안 되겠어."

현유린은 조심스럽게 연공실 쪽으로 향했다.

문주인 현무량이 접근 금지의 엄명을 내린 까닭에 그녀의 행보는 극히 조심스러웠다.

자칫 발각이라도 된다면 그녀라 하더라도 엄벌을 피할 수 없을 터였다.

그녀는 몇 걸음마다 주변을 두리번거렸다.

그리고 결국은 자물쇠 앞에 섰다.

"어디 보자……."

현유린은 쇠로 된 비녀를 쪽머리에서 슬며시 뽑았다.

어릴 적부터 동네 골목대장으로서 여장부 노릇을 톡톡히 했던 그녀였다.

그때 저잣거리의 아이들로부터 이런저런 잡기술을 배웠었고, 그 덕에 간단한 자물쇠쯤은 딸 수 있었다.

아무래도 그녀의 훈육엔 현무량의 존재가 크게 작용했던 것이다.

채여화의 입김을 받아 유약하게 자란 현월과는 대조적이었다.

찰칵.

자물쇠 자체는 싸구려였기에 쉽게 딸 수 있었다.

칭칭 매어진 사슬을 끌러낸 현유린이 쇠문을 양쪽으로 밀었다.

그녀는 조심스럽게 안으로 들어갔다.

"오라버니?"

내부는 고요하고 어두웠다.

저녁 무렵이었기에 연공실 안으로 들어오는 햇살은 한정

적이었다.

때문에 문을 열어놨음에도 내부는 어두컴컴했다.

그리고 아무도 없었다.

"오라버니?"

현유린의 목소리엔 이제 당황이 섞여 있었다.

몇 번을 보아도 연공실 내부에 아무도 없었던 것이다.

그녀의 얼굴이 이내 핼쑥해졌다.

생각할 수 있는 것은 한 가지뿐이었다.

'오라버니가 달아나 버린 건가?'

정말 그렇다면 큰일이었다.

안 그래도 분노해 있는 현무량이 절연을 선언한다 해도 이상할 게 없었다.

"어, 어쩌지?"

현유린이 두 발을 동동 구르며 당황하고 있을 때, 어둠 한 곳에서 나직한 목소리가 되돌아왔다.

"유린이니?"

현유린은 안도의 한숨을 내쉬었다.

어떻게 자신이 착각한 것인지 이해할 수 없었지만, 당장은 안도감이 더 컸다.

"네, 오라버니. 안에 계셨군요?"

"이곳을 떠날 이유가 없지 않느냐."

현월이 앞으로 걸어 나왔다.

그 순간 현유린은 한 번도 느껴본 적이 없는 이질감을 느꼈다.

"오라… 버니?"

분명 현월은 눈앞에 있다.

그런데도 마치 이곳에 없는 것처럼 느껴졌다.

시감과 기감이 서로 다른 반응을 보이고 있는 것이었다.

그 정도로 현월의 기척은 미미했다.

거의 없다시피 할 정도였다.

현월의 얼굴은 한껏 긴장되어 있었다.

"밖에 무슨 일이라도 벌어진 거야? 그래서 이곳에 온 것이고?"

"네? 아, 아뇨. 그건 아니고… 그저 오라버니가 걱정되어서 들어와 봤어요."

"그렇구나."

이번에는 현월이 안도의 한숨을 내쉬었다.

어째서 그가 그렇게 안도하는지, 현유린으로서는 알 수 없는 일이었다.

"아버지께서 허락하셨을 리는 없고, 몰래 온 모양이구나."

"네에……."

나직이 대답을 하면서도 현유린은 창피함을 느꼈다.

자기도 모르게 몸이 배배 꼬였다.

정작 오라버니는 아무렇지도 않은데, 자기 혼자서 쓸데없는 걱정이나 하다니.

현월에게 미안한 마음이 들었다.

"죄송해요, 오라버니."

"네가 죄송할 게 무엇이겠니. 다 내가 부족한 탓이다."

"아니에요. 저 혼자 지레짐작해서 아버지 말씀도 어기고 말았어요. 게다가… 오라버니를 믿지도 못했고요."

현월은 말없이 웃었다.

여동생의 저런 불신조차도 그에겐 한없이 그립기만 한 것이었다.

"미안해하지 말거라. 다만, 내게 한 가지만 약속해다오."

"약속이라면, 어떤 것 말이에요?"

"이 오라비를 믿겠다고 약속해다오. 앞으로 무슨 일이 눈앞에서 벌어지더라도."

"네?"

"약속할 수 있겠어?"

그렇게 묻는 현월의 표정은 진중하기 그지없었다.

현유린은 장난으로라도 못하겠다는 말을 할 수 없었다.

"그럴게요. 약속할게요, 오라버니."

"그거면 됐다."

조용히 웃은 현월이 말했다.

"그럼 돌아가 보거라. 자칫 누가 보기라도 한다면 아버지께서 노하실 거야."

"네, 오라버니."

문가로 향한 현유린이 뒤를 돌아봤다.

"너무 무리하지는 마세요."

"그러마."

끼기기기긱.

쇠문이 닫히며 연공실에 다시금 어둠이 찾아왔다.

잠시 후, 쇠사슬이 절그렁거리더니 멀어지는 발걸음 소리가 들려왔다.

현월은 다시 혼자가 되었다.

'자칫하면 큰일이 날 뻔했다.'

현유린은 알까? 자신이 오라비를 주화입마에 빠트릴 수도 있었다는 사실을.

현월은 한창 암천비류공의 기운을 체내에서 일주시키고 있었다.

시간이 촉박한 탓에 일주 역시 급하게 이루어지고 있었고, 그런 까닭에 지극히 불안정한 상태였다.

그런 만큼 현월이 소모하는 심력 역시 컸다. 암제로서 이룩한 초인적인 정신력이 아니었던들 이런 모험은 엄두도 못 냈을 것이다.

그 정도가 아니고서는 단기간 내에 힘을 기를 수 없었다.

현월로선 자연히 무리를 할 수밖에 없는 상황이었다.

그리고 그 와중에 연공실의 문이 열리고 현유린이 들어와 버렸다.

운기조식이 불안정한 만큼 누군가 접근했다는 것만으로도 기운이 역류할 가능성이 컸다.

다행히 그렇게 되기 전에 일주천을 마칠 수 있었지만.

어쨌든 현월로서는 간담이 서늘한 상황이었다.

"휴우."

*　　　*　　　*

폐관에 들어간 지 한 달.

암천비류공은 현월의 체내에 완전히 자리 잡았다.

단전 역시 생각보다 빠르게 형성되었고, 육체의 근육도 탄탄하게 발달했다.

한 달 동안의 쉼 없는 여정이 큰 보탬이 됐다.

육체를 극한까지 몰아붙였던 덕에 근육이 보기 좋게 구성됐던 것이다.

덕분에 현월은 내공 수련에만 집중할 수 있었다.

그리고 딱 한 달째가 되던 날.

현월은 확실히 실감할 수 있었다.

'처음 암살행에 나갔던 날. 그때와 비슷한 경지에 올랐다.'

지금까지도 잊을 수가 없었다.

누군가를 죽이는 것 자체가 처음이었던 날.

그때 현월은 잔뜩 긴장한 탓에 우스꽝스런 실수를 연발했었다.

지금 생각해도 절로 얼굴이 붉어졌다.

"검을 잘못 쥔 탓에 내 검에 손을 베였었지. 그것에 놀라 하마터면 현장에다 검을 버리고 올 뻔도 했고. 누가 보지 않았다는 게 참 다행이야."

그래도 목표 대상 암살에는 완벽하게 성공했다.

시작부터 실수한 탓에 어이없게 들켜 버렸고, 그로 인해 정면 대결을 펼쳐야만 했지만 말이다.

그 정도 경지에 오르는 데에만 삼 년이 걸렸었다.

그것을 고작 한 달이란 시간 만에 따라잡은 것이다.

물론 그때와는 많은 것이 달랐다.

난생 처음 가보는 길과 이미 한 차례 경험이 있는 길에는 큰 차이가 있었으니까.

엄밀히 말해 지금의 현월은 이미 한 번 풀어본 적 있는 문제를, 해설문까지 옆에 두고서 다시 푼 것과 다름이 없었다.

그래도 시간을 무려 삼십육 분의 일로 단축했다는 것은 명백한 쾌거였다.

"아직 이 정도에 만족하기에는 부족한 부분이 많기도 하고."

이제 겨우 현월이 처음 정했던 하한선을 넘어섰다고 봐야 했다.

녹림도들의 규모는 그만큼이나 컸던 것이다.

현월이 듣기로 당시 현검문에 투입된 숫자만 오백이 넘는다고 했다.

현검문 문도의 숫자가 오십이 채 안 되니, 단순 계산만으로도 십 대 일의 세력비가 된다.

병법에서라면 이 정도 세력비라면 승산이 없다고 봐도 좋았다.

그리고 지금의 현월이라 해도 그 열세를 뒤집을 순 없었다.

"정면 대결이라면 필경 그렇겠지."

산적 무리는 무려 이십여 개의 산채가 연합해 생겨난 것이었다.

엄청난 규모 때문에 관에서도 섣불리 건드릴 수 없었지만, 동시에 그 덕분에 현월에게 승기가 있는 것이기도 했다.

얼기설기 기워진 천을 뜯어버리는 것은 그리 어려운 일이 아닌 까닭이다.

"때가 되었어."

현월은 연공실 구석에서 뽑아낸 못대가리를 손에 쥐었다.

못의 크기는 상당해서 거의 자그만 단검의 칼날 같았다.

문 쪽으로 향했다.

철문에 손을 대고 쇠사슬이 있는 자리를 가늠했다.

손에 쥔 대못을 천천히 들어 올렸다.

필요한 것은 적당한 속도와 요령.

번쩍!

현월의 손이 순간 벼락처럼 움직였다.

콱 하는 소리조차 나지 않았다.

그저 어둠 속에서 빛줄기 하나가 번뜩였을 뿐이었다.

못은 두부를 파고드는 칼처럼 철문을 파고들었다가 나왔다.

절그렁 하는 소리가 바깥에서 들렸다.

자물쇠로 묶여 있는 쇠사슬의 일부가 잘려 땅으로 떨어지는 소리였다.

현월은 문을 좌우로 밀어 열고서 밖으로 나갔다.

"……."

예상했던 대로 주변은 어두웠다.

새벽녘, 현월의 계산이 옳다면 아마도 축시(丑時)의 중간쯤을 지나고 있을 것이다.

사냥하기엔 딱 좋은 시간대였다.

산적 연맹의 본채가 있는 곳은 천중산.

현검문에서는 백여 리쯤 떨어진 곳이었다.

그뿐 아니라 그곳으로 가는 와중에도 크고 작은 산들이 존재했다.

그 하나하나가 녹림도의 본거지일 터.

"우선은 가까운 곳부터 터는 것이 좋겠지?"

나직이 중얼거린 현월의 신형이 어둠 속으로 스며들었다.

* * *

이름 없는 야산.

어둠이 내린 숲에는 풀벌레 소리조차 없었다.

야산의 중턱엔 인위적으로 나무들을 깎아 만든 공터가 있었고, 그곳에 이십여 명의 산적 무리가 불을 피운 채 대기하고 있었다.

대담하다면 대담한 일이다.

여남과도 얼마 떨어지지 않은 곳에 훤히 드러나 보이는 산채를 만들어 둔 데다 밤중에 불까지 피우고 있었으니.

물론 든든한 뒷배가 있기에 가능한 일이었다.

산적들의 뒤에는 무려 열 개가 넘는 산채가 모여 만든 거대 녹림 연합이 자리하고 있었던 것이다.

입이 많은 만큼 먹을거리도 많이 필요했고, 그런 까닭에 산적 무리의 도적질도 서서히 대담해지고 있었다.

그리고 녹림맹의 윗대가리들은 얼마 전 다음 먹잇감을 정한 차였다.

현검문.

결국 이곳에 있는 이들은 일종의 척후라고 할 수 있었다.

본대라 할 수 있는 무리는 여전히 천중산에 모여 있었던 것이다.

때문에 이곳 산채에 모여 있는 이들은 숫자가 스물을 약간 넘기는 정도였다.

"현검문이란 데가 그렇게 돈이 많다지?"

"그렇다는구먼. 문주란 놈이 사람 하나는 좋아서 여기저기 뒷구멍으로 후원받은 게 꽤나 된다는 모양이야."

"흥! 꼴에 무림 명숙이라고 도적 무리를 소탕한 것도 여럿이라더군. 그놈한테 당한 산적 잔당이 한둘이 아니라던데. 천중산에 모인 녀석들 중에도 원한을 가진 놈이 꽤나 되는 모양이야."

"호호. 그건 그렇고, 그 문주의 딸년이 그렇게 미인이라더구먼."

"정말로? 그럼 그년만 노려야겠다."

"아서라. 윗대가리들이 씹고 뜯고 맛보고 즐기려 들걸."

"쳇. 그럼 마누라 년으로 만족해야 하나."

"그년도 아랫도리가 남아나지 않을 텐데, 뭘."

"클클클!"

산적들은 연신 침을 튀겨대며 별별 폭언을 쏟아냈다.

거친 야유와 웃음소리가 꼬리처럼 뒤를 따랐다.

마치 누구 입이 더 거칠고 더러운지 경쟁하는 것만 같았다.

타닥타닥.

모닥불 위에선 꿩 몇 마리가 꿰어진 채 노릇노릇 익고 있었다.

주변을 굴러다니는 술병들이 불빛을 받아 번들거렸다.

와자지껄한 술판은 이제 절정으로 치닫고 있는 중이었다.

"그런데……."

어느 순간, 산적들 중 하나가 눈매를 좁혔다.

"넌 누구냐?"

"웅?"

산적들의 시선이 한곳으로 쏠렸다.

암만 봐도 산적이라고는 볼 수 없는 사내가 하나 섞여 있었다. 수염조차 거의 자라지 않은 애송이였다.

입고 있는 옷도 산적들의 가죽 옷과는 전혀 달랐다.

얼룩 하나 묻지 않은 깔끔한 행색은 마치 그림에서라도 금방 튀어나온 것만 같았다.

그런 정체불명의 사내 하나가 산적들 사이에 끼어들어 있었던 것이다.

마치 처음부터 거기 있었던 양.

"나 말이냐?"

사내는 웃음기 없는 얼굴로 말했다.

"너희의 악몽."

"뭐야?"

"똑똑히 기억해 두는 게 좋아. 너희가 마지막으로 보게 될 얼굴이니."

"이런 미친 자식을……."

푸욱.

산적은 더 말을 잇지 못하고 고꾸라졌다.

사내가 던진 대못 끝이 이마를 뚫고 두개골 안으로 세 치쯤 파고든 뒤였다.

사내, 현월은 늑대처럼 으르렁거렸다.

"모두 다 죽여주마."

"죽엿!"

산적들이 반사적으로 환도와 죽창을 뺏었다.

거나하게 취했다고는 해도 그들 역시 칼밥을 하루 이틀 먹은 처지가 아니었다.

현월은 전각을 밟으며 고꾸라진 산적에게 쇄도했다.

그리고 미끄러지듯 산적의 뒤로 돌아가 시체를 방패삼았다.

푸푸푸푹.

창칼이 시체의 몸을 찌르는 순간, 현월의 두 손은 시체의 허리춤에 있는 단검들을 뽑아 들고 있었다.

두 팔이 허공을 쓸었다.

벼락처럼 쏘아진 단검 두 자루가 은색 궤적을 만들었다.

퍼퍽!

두 명의 산적이 미간을 꿰뚫리고는 그대로 고꾸라졌다.

그들이 절명했으리란 것은 굳이 확인할 필요도 없었다.

현월은 시체를 발로 차서 이어지는 공격을 차단한 다음 뒤로 살짝 물러났다.

'내력의 소모는 최소한으로.'

고작 한 달 동안 모은 내력이다.

아무리 암천비류공이고 현월이라 해도 그 양이 많지 않은 것은 어쩔 수 없었다.

쉭!

순간 어깨에 불에 덴 듯한 격통이 느껴졌다.

멀찍이서 쏘아대는 화살 중 하나가 스쳐 지나간 것이다.

현월은 크게 땅을 차서 모닥불 쪽으로 흙더미를 뿌렸다.

푸확!

모닥불이 꺼지며 산채에 어둠이 찾아왔다.

모닥불의 환한 빛에 눈이 익숙해져 있던 산적들은 한순간 시야를 상실했다.

갑작스레 엄습한 어둠에 공황 상태에 빠졌다.

"크윽!"

"놈이 달아난다!"

"이쪽이다!"

"아니, 이쪽이야!"

"놈은 어느 쪽으로 갔나!"

"제기랄, 다들 좀 닥쳐!"

"누가 횃불 좀 켜봐!"

우왕좌왕하는 산적들의 모습을 보며 현월은 서늘하게 웃었다.

포근한 어둠이 현월을 감싸고 있었다.

밤의 공기가 수많은 것들을 현월에게 알려주고 있었다.

'다섯 걸음 앞, 팔 척 장신의 거구.'

저벅저벅.

산보하듯 걸어가서 산적의 흉부에 검을 찔러 넣었다.

칼날은 늑골 사이를 부드럽게 비집고 들어가 심장을 부숴

놓았다.

허물어지는 시체에 발을 걸어 왼편으로 엎어지게 했다.

횃불을 켜려던 산적이 시체에 떠밀려서는 넘어졌다.

'우측, 시위를 당기는 산적이 하나.'

고개를 아래로 깊이 숙였다.

피잉 하는 소리와 함께 화살 하나가 머리 위를 지나갔다.

어둠이 현월에게 모든 것을 가르쳐 주고 있었다.

이것이야말로 암천비류공의 공능이었다.

본디 혈교에 뿌리를 두고 있는 것이 암천비류공.

그 성질은 무공과 사술의 영역 모두에 한 발씩을 걸치고 있었다.

암천비류공의 계승자는 어둠 속에서 놀라우리만치 예민한 감각을 지니게 된다.

물론 수많은 공능 중 하나이자 기본 중의 기본이었지만, 지금의 현월로서는 그것만으로도 충분했다.

아직 다음 공능을 깨치기엔 모자란 점도 많았고 말이다.

"젠장. 젠장. 제기랄."

화살을 날린 산적은 두 번째 화살을 시위에 메기고 있었다.

연신 욕을 뱉는 입에서는 침이 줄줄 흐르고 있었다.

"망할!"

당황하며 화살을 놓치는 것으로 보아 조금 전엔 그저 운이 좋았던 듯했다.

그 운으로도 현월의 목젖을 꿰뚫진 못했지만.

순식간에 다가간 현월은 산적의 목을 갈랐다.

"끄르르르륵."

현월은 피거품을 쏟으며 쓰러지는 산적에게서 그대로 활을 낚아챘다.

곧장 시위를 당기고는 후방으로 몸을 돌려 화살을 쏘아 보냈다.

파악!

화살은 산채의 지붕에 있던 산적의 어깨를 꿰뚫었다.

불의의 일격에 당한 산적이 지붕 밑으로 추락했다.

그때 주변에서 횃불들이 밝혀졌다.

현월은 곧장 수풀 쪽으로 내달렸다.

퍽!

"크윽!"

등허리에서 뜨거운 격통이 느껴졌다.

현월은 눈앞이 흔들리는 것을 느끼며 이를 악물었다.

완력 좋은 산적 하나가 돌팔매질을 한 것이었다.

노려서 날린 것은 아닌 듯한데, 하필 재수 없게도 등허리를 강타하고 말았다.

전방으로 쓰러진 현월의 몸이 산비탈을 미끄러져 내렸다.

"명중했다! 봤어? 내가 놈을 죽였다!"

"뒈졌는지 아닌지는 아직 모르는 거야. 놈을 쫓아!"

산적들이 살기등등한 얼굴로 현월의 뒤를 추격했다.

그러나 현월의 몸은 그새 어둠 속으로 사라진 뒤였다.

"뭐야?"

"그새 달아났다고⋯⋯?"

닭 쫓던 개 꼴이 된 산적들이 멍하니 중얼거리고 있을 때, 어둠 너머에서 돌멩이가 날아들었다.

퍼억!

현월의 등허리를 맞혔던 돌멩이였다.

그것이 돌팔매를 했던 산적의 입에 처박혔다.

"끄으으윽!"

입을 부둥켜 쥐고 고꾸라지는 산적.

동료들이 흠칫하고 있을 때 현월의 신형이 좌측에서부터 나타났다.

암천비류공의 보법 중 하나인 월령보(月靈步)였다.

현월은 어둠 속에서 삽시간에 공간을 좁힌 다음 산적들의 좌측을 친 것이다.

현월의 몸이 그대로 산적들을 스쳐 지나갔다.

이윽고 산적들이 하나같이 흉부에서 피를 뿜어내며 고꾸라졌다.

짧은 순간 칼날을 신체의 급소 마디마디에 꽂아 넣은 신기(神技)였다.

"크윽!"

"괴물 같은 놈!"

현월이 다시 몸을 날려 어둠으로 스며들었다.

산적들은 현월이 사라진 어둠 속을 향해 마구잡이로 무기를 휘둘렀다.

애꿎은 잔가지와 수풀이 베어지며 사방으로 이파리를 날렸다.

그 공격이 멈출 때쯤, 현월의 신형이 예기치 못한 방향에서 나타났다가 사라졌다.

그럴 때마다 산적의 숨통이 한 명씩 확실하게 끊어졌다.

그것을 보는 산적들의 얼굴에서 혈색이 사라졌다.

이제 남은 인원은 전체의 절반도 되지 않았고, 상황은 압도적으로 그들에게 불리했다.

그리고 그것은 끝나지 않을 터였다.

그들 모두가 죽을 때까지.

"크아악!"

"아악!"

약간씩의 시간차를 두고 소름끼치는 비명이 울려 퍼졌다.

공포와 고통만이 가득한 비명이었다.
이각 뒤에는 완전한 고요가 찾아왔다.
현월의 첫 사냥은 그렇게 끝났다.

4장

절연

"크윽."

상처에 금창약을 바르며 현월은 신음성을 흘렸다.

다행히 치명상은 겨우 피했지만 몸 상태는 엉망진창이었다.

"이것조차 첫 암살행 때와 똑같구나."

현월은 한숨을 쉬었다.

조금 전의 전투를 스스로 복기해 보니 정말 엉망진창도 이만저만이 아니었다.

암살자의 제일가는 요건은 인내심이다.

가장 완벽한 찰나의 순간을 노리기 위해, 그 수천, 수만 배에 이르는 기간을 인고할 수 있는 인내심이 있어야 했다.

그런 점에서 봤을 때, 현월의 첫 산적 사냥은 그야말로 최악이었다.

'원래 계획대로 외곽에서부터 하나씩 제거하며 들어갔어야 했다.'

그런데 그러지 못했다.

산적들의 대화가 현월을 자극했던 까닭이다.

여동생과 어머니를 욕보이겠다는 소리를 껄껄거리며 지껄이는 까닭에, 현월은 한순간 이성을 잃고 놈들 사이로 뛰어들고 말았다.

그리고 그 결과가 이것.

쉽게 해치울 수 있는 상대에게 이만큼의 상처를 입었다.

그뿐이면 다행이고, 자칫하면 목숨마저 위험할 뻔했다.

"멍청한 짓이었지."

현월은 반성하고 또 반성했다.

지금의 그는 더 이상 암제로 불리던 시절의 강자가 아니었다.

그것을 한순간 망각한 결과가 이것이었으니, 제법 값비싼 수업료를 지불한 셈이다.

물론 반성할 일은 반성할 일이고, 사냥은 앞으로도 계속되어야만 했다.

"놈들의 전력을 최대한 소모시켜야 한다."

그것이야말로 현월에게 남아 있는 최우선 과제였다.

현월은 지친 몸을 이끌고 겨우 연공실로 돌아왔다.

사위에 어스름이 낮게 깔리는 인시(寅時)의 끝자락이었다.

절그렁.

문고리에 대강 자물쇠를 얽어 놓은 후 안으로 들어가 문을
닫았다.

유심히 보지 않고서야 쇠사슬이 끊어진 것을 알 수 없을 터
였다.

상처는 끊임없이 욱신거렸다.

붕대를 칭칭 감은 부위에서 불덩이가 치솟는 것만 같았다.

현월은 그대로 엎어져서는 혼절해 버렸다.

*   *   *

현월은 사흘이 지난 뒤에야 겨우 자리에서 일어날 수 있었
다.

지켜봐 주는 이 하나 없이 고독했지만 어둠은 현월의 상처
를 보듬어 치료했다.

암천비류공의 또 다른 공능, 흑영활기(黑影活技)였다.

그것이 아니었다면 상처가 곪아 지독한 열병에 시달렸을 것이다.

그날 새벽, 현월은 다시금 사냥에 나섰다.

처음 급습했던 곳보다 조금 더 먼 곳. 천중산으로 향하는 길목의 야산이었다.

그렇게 습격에 습격을 거듭하길 보름.

현월은 총 네 곳의 산채를 초토화시켰다.

물론 그곳에 있는 산적들은 잔챙이에 지나지 않았다.

본대라 할 수 있는 무리는 천중산에 틀어박혀 있었던 것이다.

그래도 맹수의 발톱을 두세 개쯤은 부러트렸다고 봐도 좋았다.

어림잡아도 칠십 명 가까이를 해치웠으니 거대 녹림맹이라 해도 타격이 없을 수는 없었다.

다행인 것은 그 와중에 크게 다치지 않았다는 점이었다.

첫 사냥의 교훈이 빛을 발했다 할 수 있었다.

'하지만 이제 이것도 끝이로군.'

여남과 가까운 지역의 야산은 깨끗이 정리됐다.

그보다 멀리 갔다간 제 시각에 장원으로 돌아오지 못할 수 있었다.

또한 이제 거의 시간이 다 되었다는 점도 문제였다.

'놈들은 곧 습격해 올 것이다.'

마지막으로 사냥을 갔을 때 이미 첫눈이 내리고 있었다.

겨울이 왔다는 의미.

현월이 기억하기로 현검문이 습격당했던 날은 그해 세 번째로 눈이 내리던 날이었다.

다다음 눈발을 보게 될 때, 그때가 아마도 결전의 순간이 될 터였다.

'변한 게 아무것도 없다면 그렇겠지.'

과거는 변했다. 현월이 돌아옴으로 인해서.

그것이 녹림 무리의 행보에 어떤 영향을 미칠지는 아직 모르는 일이었으나 영향이 아주 없지는 않을 것이다.

크든 작든, 모든 변화는 영향력을 만드는 법이었으니까.

'최악의 경우엔 원래 알던 과거보다 상황이 심각해질 수도 있다.'

하지만 현월은 자신의 행동을 후회하진 않았다.

애초에 그런 각오도 없이 행동에 나설 만큼 생각이 없진 않았다.

결국 지금으로썬 조금이라도 더 무공 수련에 박차를 가하는 게 최선이었다.

그렇게 하루하루가 지나던 중.

하루는 외부에서 연공실의 문을 개방했다.

안으로 들어오는 이는 현유린이었다.

그녀의 손엔 토막이 난 쇠사슬이 들려 있었다.

"오라버니? 왜 이게 잘려 있는 거죠?"

"글쎄. 그것까진 잘 모르겠구나."

스스로 생각하기에도 궁핍한 변명이었다.

하지만 현유린은 현월을 의심하진 않았다.

걱정을 한다면 또 모를까.

아마 현월의 능력으로 쇠사슬을, 그것도 안쪽에서부터 잘라 버리기란 무리라고 생각했을 것이다.

걱정의 이유는 누군가 쇠사슬을 자르고 현월을 찾았던 게 아닐까 싶기 때문일 테고.

"정말 괜찮으신 거죠, 오라버니?"

"난 괜찮아. 그런데 그것 때문에 찾아온 건 아닌 듯하구나."

"네……."

주저하던 현유린이 입을 뗐다.

"아버지께서 오라버니를 호출하라 하셨어요."

"그렇다는 건……."

폐관의 끝을 의미했다.

*   *   *

현무량은 연공실과는 멀리 떨어진 비무실 한가운데에 정좌하고 있었다.

현월과 현유린이 비무실에 들어서자 그가 천천히 눈을 떴다.

그는 엄격한 눈빛으로 현월을 응시했다.

"그 안에서 반성은 좀 했더냐?"

"연공실이란 곳이 반성을 위해 있는 것은 아닌 줄로 압니다, 아버지."

"허, 그럼 무공이라도 연마했다는 뜻이더냐?"

"비슷합니다."

현무량의 시선이 현월의 몸을 훑었다.

체격이 제법 탄탄해지긴 했다.

하지만 그것만으로 현월이 크게 성장했다고 볼 수 있을지는 다소 의문이었다.

다만 지난번에 느꼈던 이질감만큼은 한층 커져 있었다.

'이 아이가 원래 이리도 단단했던가?

육체의 단단함이 아닌 정신의 단단함이랄까?

본디 현월은 자애롭고 부드러운 성격이었다.

좋게 말하면 그렇고 엄밀히 말하자면 상당히 유약하다고 할 수 있었다.

그 때문에 또래 문도들이나 타 문파 사람들에게 얼마나 비웃음을 당했던가.

그런 데다 무재(武材) 역시 결코 뛰어나다고 볼 수 없었다.

특히나 하남성을 대표하는 후기지수 후보로도 거론될 정도인 동생 현유린과는 너무 격차가 심했다.

'차라리 유린이가 장자였다면 좋았을 거라 얼마나 바랐던가.'

물론 아비로서 옳지 않은 생각임은 안다.

그래도 현무량은 한 사람의 무인이자 문주. 자꾸만 아쉬움이 드는 건 어쩔 수 없었다.

그런데 현월이 변했다.

지난번엔 분노와 황당함 때문에 제대로 파악하지 못했지만, 지금은 확신할 수 있었다.

'이 아이, 완전히 다른 사람이 된 것 같구나.'

무엇보다도 눈빛이 그랬다.

그것을 뭐라고 표현해야 할지는 알 수 없었다.

다만 예전처럼 아버지에 대한 공경과 두려움, 자신의 능력에 대한 열등감과 체념이 가득한 눈빛은 결단코 아니었다.

굳이 표현한다면 무인의 눈빛이랄까.

'아니, 그것과도 약간 다르다.'

설마 그 순하던 현월이 암살자의 눈빛을 지니게 됐으리라고는 꿈에도 생각하지 못하고 있는 현무량이었다.

그쯤에서 생각을 접은 현무량이 말했다.

"무림맹에 서신을 보냈다."

"……"

"다행히 네 탈맹을 무효로 되돌리겠다는 답신이 왔다. 다만 올해 안에는 맹으로 돌아와야 한다는 조건이 있었고, 그 때문에 너의 폐관을 부득불 끝내게 된 것이다."

"아버지."

"이틀의 말미를 주마. 마음을 완전히 정리한 후에 무림맹으로 돌아가라."

"아버지, 저는 돌아가지 않을 겁니다."

꾸우욱.

주먹을 움켜쥐는 현무량의 이마에 핏대가 돋았다.

"월이 네가 기어코 이 아비의 뜻을 거역하겠다는 것이냐?"

"죄송합니다."

"네가 감히!"

그때 현유린이 현월의 팔을 붙들었다.

"오라버니, 대체 왜 고집을 피우시는 거예요? 아버지도 너무 오라버니를 나무라지 마세요."

"유린아, 네가 낄 자리가 아니다."

엄격하게 대답한 현무량이 현월을 노려봤다.

"도대체 이유가 무엇이더냐? 어째서 무림맹으로 돌아가지 않겠다는 것이냐?"

"제가 역으로 아버지께 여쭙겠습니다. 어째서 저를 무림맹으로 보내시려는 겁니까? 무재라면 저보다 뛰어난 유린이가 있는데도요."

"……!"

현월의 팔을 붙들고 있던 현유린이 움찔했다.

기실 누구나 알고 있는 사실이긴 하나, 지금껏 이렇게 대놓고 도마 위에 오른 적은 한 번도 없었다.

현월의 자존심을 생각했기 때문이기도 하거니와, 현유린의 아쉬움을 부채질할 필요도 없었기 때문이었다.

설마 그것을 현월 본인이 먼저 언급해 올 줄이야.

현무량은 잠시 침묵하다가 말했다.

"너도 대강은 알고 있을 것 아니냐. 유린이는 내 뒤를 이어 현검문을 맡아야 한다. 선불리 입맹했다가 요직이라도 맡게 되면 문파의 계승에 문제가 생길 수도 있다. 이기적인 생각일지도 모르겠지만, 나는 조상대대로 물려 내려온 현검문을 내 대에서 끝내고 싶진 않다."

"……"

"또한 너를 무림맹으로 보내고자 함은, 네 체질이 현화무량공과는 맞지 않기 때문이다. 남들은 너더러 무재가 부족한

약골서생이라 하지만, 나는 그것이 잘못되었다고 생각한다. 너는 다만 우리 문파의 독문 무공과 맞지 않을 뿐이야."

현월은 지그시 눈을 감았다.

'아버지의 생각은 결국 옳았습니다.'

그 말을 해주고 싶었지만 애써 참았다.

암천비류공과 회귀대법에 얽힌 이야기를 풀려면 혈교와 무림맹의 멸망까지 말해야 할 텐데, 믿기 어려운 이야기인 데다 함부로 말했다가 문제가 생길지도 몰랐다.

그랬기에 현월은 말을 돌렸다.

"그렇다면, 제가 무림맹에 갈 필요가 없다는 것을 증명하면 되겠습니까?"

현무량의 눈매가 가늘어졌다.

"증명이라니, 어떻게 말이냐?"

"제가 제 몸에 걸맞은 무공을 익혔다면 어떻겠습니까?"

"네가… 말이냐?"

"예. 아버지께서 직접 확인하시면 될 거라 생각합니다."

"……."

현무량은 혼란스러운 눈으로 현월을 보았다.

현유린 역시 붙잡았던 팔을 놓은 채 의문 어린 눈으로 그를 응시했다.

다시 말해 현월은 지금 아버지에게 비무를 청하고 있는 것이었다.

예전의 현월이라면 상상조차 못했을 일이다.

부모의 뜻을 거부하는 것부터가 심각한 불효일진대, 비무마저 먼저 청할 정도라면 말할 것도 없는 일이었다.

현무량은 이를 악물었다.

"지금 네가 한 말이 무엇을 의미하는지 알고 있는 것이렷다?"

"그렇습니다. 그리고 이것이야말로 아버지를 설득할 유일한 방법이라는 것도요."

"오만하기 짝이 없구나. 네가 정녕 힘으로 이 아비를 설득할 수 있으리라 보느냐?"

"지금부터 확인해 보시면 되지 않겠습니까?"

"오라버니!"

듣다 못한 현유린이 소리쳤다.

현월은 동생의 눈에 시선을 고정한 채 말했다.

"내게 약속했었지, 유린아? 이 오라비를 믿겠다고 말이야."

"그랬어요. 하지만, 하지만 이건……."

"모두 현검문과 우리 가족을 위해서다. 그것만은 확실하게 말할 수 있어."

"오라버니……."

현월은 현무량을 돌아봤다.

"어떻게 하시겠습니까, 아버지?"

현무량은 눈을 질끈 감았다.

"너무나 변했구나. 도대체 그 세 달 동안 무슨 일이 있었던 것이더냐?"

"모두 말씀드리기 힘들 정도의 일들이 있었습니다."

"그래 보이는구나. 그러나 그것이 네 태도를 정당화시켜 주진 못한다. 그저 힘으로 모든 것을 해결하려는 네 모습은 오래전 수많은 겁난을 일으켰던 혈교의 무리와 무엇이 다르더냐?"

"……."

"내가 너와 비무를 하는 일은 없을 것이다. 최소한 지금 당장은!"

현월은 떨리려는 눈동자를 애써 진정시켰다.

이건 아버지로서의 지혜일까, 아니면 일문의 주인으로서의 혜안일까.

어느 쪽이 되었든 그가 현월의 본질을 꿰뚫어 봤다는 것만은 분명했다.

혈교의 무공을 익혔으며 혈교의 끄나풀이 되어 수많은 정파 무인들을 암살했던 현월이었으니 말이다.

그들을 죽일 때의 현월은 그저 비정한 한 자루의 칼날에 불과했다.

혈교의 인물이라 보아도 틀리지 않을 만큼.

모든 것을 잃고 분노와 증오만을 가지게 됐으니 어쩔 수 없는 일이었다.

그 사실은 과거로 돌아온 지금이라 해서 지워질 수 있는 게 아니었다.

아마 평생을 지고 갈 업일 터였다.

"그러니 나를 설득하려거든 힘이 아닌 다른 방법을 택하여라. 네가 힘으로 나온다 한들 이 아비를 이기리라 생각하지도 않지만 말이다."

현월은 졌다는 심정이 되었다.

확실히 당장은 아버지와의 비무에서 이길 자신이 없었다.

애초에 적을 죽이는 데에 모든 것이 집중된 암천비류공은 상대를 죽이지 않고 제압해야 하는 비무와 맞지 않기도 했고.

그저 자신의 힘을 약간이나마 보여주면 아버지가 이해해 주지 않을까 싶었다.

성장의 결실을 보여준다면 마음을 돌리리라 생각했다.

그게 무리라면 차라리 이 자리를 벗어나는 것도 나쁘지 않았다.

줄행랑을 친다면 누구에게도 잡히지 않을 자신이 있었으니.

당장은 오해를 받더라도 녹림도들을 막는 게 먼저였던 것이다.

하지만 현무량은 다른 방법을 제시했다.

말로써 자신을 설득하라고 했다.

'그렇다면……'

잠시 고민하던 현월이 입을 열었다.

"천중산에 녹림도들의 거대 연합체가 생겨났다는 것은 알고 계십니까?"

이번엔 현무량의 눈빛이 거세게 흔들렸다.

"네, 네가 그것을 어찌……?"

"알고 계셨던 거군요."

현유린이 아버지와 오라비를 번갈아 보았다.

두 사람이 무슨 얘기를 하는지 전혀 모르겠다는 표정이었다.

"물론이다. 그렇게 비대해진 세력이라면 꼬리도 그만큼 긴 법이니까. 그런데 그 얘기를 갑자기 왜 하는 것이더냐?"

"그들과 척을 진 적이 있으십니까? 전투를 벌였다거나 하는 식으로 말입니다."

"……"

현무량은 침묵했다.

그것이 긍정을 의미하는 침묵이라는 건 현월도 현유린도

잘 알고 있었다.

"아버지, 정말 그랬던 건가요?"

현유린은 충격을 받은 듯했다.

그녀로서는 난생 처음 듣는 이야기였던 까닭이다.

"그럼 최근에 경연이 잦았던 것은……!"

"경연이 아니었겠지."

현월의 대답에 현무량이 한숨을 쉬었다.

"그래. 경연이 아니라 산적 토벌에 나선 것이었단다."

"그럴 수가……."

"대대적으로 토벌에 열중한 것은 아니었다. 제자들을 데리고 여남 근역을 순찰하는 정도에 지나지 않았지. 물론 몇 차례 놈들의 잔당과 마주친 적도 있었지만 말이다."

"경연 상품이라며 가져왔던 것들은 그럼!"

"산적들에게서 빼앗은 재물이었다."

현유린은 그제야 이해할 수 있었다.

경연 상품들을 이런저런 이유를 대가며 사람들에게 나누어주던 아버지의 행동을.

당시엔 그저 아버지의 성품 때문이라고만 생각했다.

하지만 그게 전부가 아니었다.

아버지는 산적들이 빼앗아간 재물들을 본 주인들에게 돌려주었던 것이다.

현유린이 현무량의 앞으로 가 따지듯 물었다.

"저를 데려가지 않은 건 어째서였나요? 아버지께 저는 그리도 못 미더운 딸이었나요?"

"어쩔 수 없었다, 유린아."

"어쩔 수 없었다니요? 저도 현검문의 당당한 문도인걸요!"

"행여나 네가 잘못되기라도 했다면 이 아비는 견딜 수 없었을 것이다. 이 아비의 마음을 이해해다오."

현유린은 입술을 깨물었다.

"그렇게 금지옥엽으로 키우실 거라면 문파는 왜 물려주시겠다는 거죠? 약하게 자라난 문주가 제 역할을 할 수 있을 리도 없는데. 곱게 자란 화초가 그만큼 쉽게 꺾이는 법이라고 말씀하셨던 건 아버지였잖아요!"

"……."

"아버지한테 실망했어요."

현유린은 그 말을 끝으로 비무실을 떠나 버렸다.

현무량은 착잡한 표정으로 현월을 응시했다.

"너는 그 사실을 대체 어떻게 안 것이더냐?"

"중요한 건 그게 아닙니다."

"무슨 말이냐?"

"녹림도들이 현검문을 치려 하고 있습니다."

말을 들었음에도 현무량의 표정은 크게 변하지 않았다.

현월도 그럴 거라 예상했던 바였다.

"이 역시 이미 알고 계셨군요."

"그래. 놈들을 몇 번이고 약 올려 주었으니, 슬슬 반응이 올 거라고는 생각하고 있었다. 그런데 그게 뭐 어쨌다는 것이더냐?"

"아버지, 이대로는 현검문이 멸망하고 맙니다."

현무량은 현월의 말에 코웃음을 쳤다.

"너는 이 아비가 그리 허술한 인물로 보이느냐? 이미 근역의 문파들과 무림맹에도 지원을 요청해 두었다. 오히려 이건 녹림도에게 한 방 먹일 수 있는 절호의 기회가 될 것이다."

현무량의 계획은 전혀 허무맹랑한 게 아니었다.

실제로 이쪽도 연합하여 맞선다면 녹림도들을 물리치는 게 가능할 터였으니까.

그러나 현월은 현실을 알고 있었다.

그날, 현검문이 완전히 불타 사라지던 날.

그 어떤 문파도 현검문을 돕지 않았다.

무림맹의 지원?

오기는 했다.

이미 장원을 초토화시킨 화염이 사그라진 뒤에.

당시의 현월은 운명의 장난이라고만 생각했다.

지독한 불운과 불행이 맞물려 현검문이 멸망하고 만 것이라고.

그러나 지금은 확실히 알 것 같았다.

그들은, 도움을 요청받은 문파들은 일부러 현검문을 모른 체한 것이다.

그리고 그것은 무림맹도 마찬가지였다.

'그날 이후 현검문 휘하의 농원과 객잔들은 다른 문파들에 흡수됐다. 숫자가 줄어든 산적들을 토벌함으로써 복수라는 허울도 충족시켰고.'

결국 모두가 승자가 된 셈이었다.

현검문을 제외한다면 말이다.

현월은 씁쓸한 표정으로 현무량을 쳐다봤다.

아마 지금 그들의 배반에 대해 말한다 해도 먹히지 않을 것이다.

현월이 가지고 있는 것은 심증뿐, 물증은 아무 것도 없었으니 말이다.

현무량이 다시금 말을 꺼냈다.

"무림맹으로 돌아가거라. 네가 걱정하는 바가 무엇이고, 어째서 이곳으로 돌아왔는지도 잘 알겠다. 아마 누군가에게서 녹림도들의 태동에 대해서 들은 것일 테지? 그러나 이 아비도 현검문도 그리 허술하지만은 않다."

"아버지."

"돌아가거라. 네 도움이 없이도 녹림도들의 습격쯤엔 대처할 수 있다. 또한 너 하나가 있다 한들 무어 그리 큰 도움이 되겠느냐? 지금 네가 할 일은 무림맹으로 돌아가 수행에 정진하는 것이다. 그런 후에 진정 현검문과 네 가족들에게 도움이 될 수 있는 자가 되어 돌아오너라."

"……죄송합니다."

현월로선 그렇게 말할 수밖에 없었다.

현무량은 이를 악물었다.

"정녕 이 아비의 말을 듣지 않겠다는 말이냐?"

"지금 무림맹으로 돌아갈 순 없습니다. 아니, 앞으로도 그곳에 소속될 생각 같은 것은 없습니다."

"네놈이 기어코!"

"아버지, 저를 믿어주실 수는 없습니까?"

"듣기 싫다!"

현무량이 바깥을 가리켰다.

"떠나라. 내 뜻을 따를 수 없다면 너는 더 이상 내 자식이 아니다."

"아버지."

"떠나라고 했다!"

말을 마친 현무량이 몸을 돌려 버렸다.

더 이상은 어떠한 말도 하지 않겠다는 뜻이었다.

"다시 뵙는 날까지 부디 평안하십시오."

현월은 절을 올리고 나서 비무실을 나섰다.

아들의 기척이 사라진 것을 안 현무량이 장탄식을 뱉었다.

"네가 기어코 이 아비의 뜻을 저버리는구나."

*　　*　　*

현월은 자신의 방으로 돌아왔다.

오래전, 집을 떠나던 날 이후로 한 번도 돌아온 적이 없었던 곳이다.

시간상으로는 이곳을 비운 지 대략 네 달이 조금 넘었을 터.

그러나 실제로 따지자면 이십 년도 더 됐다고 할 수 있었다.

방은 오랜 기억 속의 그대로였다.

침구류는 물론이고 화병 하나조차 깔끔하게 정돈되어 있는 것을 보면, 현월이 없는 동안에도 꼬박꼬박 청소를 해둔 모양이었다.

'그런데 이곳을 두고 다시 떠나야 하는구나.'

현무량은 절연을 선언했다.

한순간의 노기로 인한 선언일 테지만, 당분간은 집을 떠나 있어야 할 터였다.

어찌 보면 잘된 일일 수도 있었다.

녹림도의 습격에 대비하는 것은 장원 밖에서도 가능한 일일 테니 말이다.

아니, 운신의 폭이 크다는 점에선 오히려 좋은 일이었다.

'다시 돌아올 수 있겠지.'

현월은 아쉬움을 삭이며 밖으로 걸음을 옮겼다.

방을 나오니 현유린이 기다리고 있었다.

"오라버니, 어디 가세요?"

현월은 쓴웃음을 지었다.

"당분간 밖에 나가 지내야겠다. 아버지께서 이만저만 분노하신 게 아니야."

"그럼 저도 같이 가겠어요."

"넌 이곳에서 아버지를 도와드려야지."

"절 필요로 하시지 않는데도 말인가요? 절 옆에 치워 두려고만 하시는데도요?"

"아버지께선 널 걱정하신 것뿐이야. 그리고 내가 이렇게 됐는데 너마저 아버지의 뜻을 저버리면 정말 크게 상심하실 거다."

"하지만……."

"곧 다시 볼 수 있을 거야. 어머니께는 네가 잘 말씀드리고."

현유린이 아쉬움 가득한 표정을 지었다.

"뵙지 않고 가실 건가요?"

"응. 뵙고 나면 마음이 약해질 것 같아서."

"알겠어요."

현유린은 주머니 하나를 꺼내어 현월의 손에 얹었다.

묵직한 데다 짤랑 하는 소리까지 나는 걸 보니 전낭이 분명했다.

그녀도 일이 이렇게 되리란 것을 예상한 듯했다.

"이건……?"

"필요하실 거예요. 가져다 쓰세요."

"유린아."

"그리 많지 않으니까 부담 갖지 마세요. 그리고 몸조심하시고요, 오라버니."

현월은 더 거절하지 않고 전낭을 챙겼다.

어차피 차후에 돌려주면 될 일이었고, 무엇보다도 지금은 체면을 차릴 때가 아니었다.

*　　　*　　　*

현월은 돌아왔을 때와 마찬가지로 홀연히 집을 나섰다.

그를 본 문도들이 자기들끼리 수군거렸으나 딱히 개의치

않았다.

현월은 말없이 길을 걸었다.

여남 시내로 이어지는 길을 걸으며, 현월은 새록새록 기억이 샘솟는 것을 느꼈다.

버려진 사당과 오래된 고목을 보니 그곳을 놀이터 삼아 뛰어놀던 어린 날의 기억이 떠올랐다.

'이 모든 게 너무나 오랜만이구나.'

모든 것이 아련하기만 했다.

이십 년의 세월 자체도 무척이나 길었지만, 그간 계속되었던 살육의 나날이 현월의 그리움을 부채질했을 것이다.

유설태의 명령에 따라 누군가를 죽이고, 다음번의 암살 대상을 해치우기 위해 무공을 타성적으로 연마하던 하루하루.

죽이기 위해 살아가는 나날이었다.

치유할 수 없는 슬픔과 증오가 아니었던들 버티지 못했을 것이다.

그리고 그렇게 암살행을 거듭할 때마다 현월의 영혼은 찢겨져 나가는 것만 같았다.

마침내 그것이 끝난 것이다.

그 사실은 현월에게 있어 더없이 큰 해방감으로 다가왔다.

지금의 삶은 짤막한 순간조차도 충실함에 가득 차 있었다.

'이곳은 나의 성역. 내 모든 것을 바쳐 지켜낼 것이다.'

현월은 스스로에게 다짐했다.

*   *   *

어느 정도 걸었을 무렵.

한적한 공터에서 현월은 걸음을 멈췄다.

"왜 계속 따라오는 거지?"

몸을 돌리고서 질문을 던졌다.

이윽고 아름드리나무 뒤편에서 몇 명의 사내가 나타났다.

현검문의 문도들.

백구용을 위시로 한 사내들이었다.

"헤헤, 현검문의 도련님답게 눈치 하나는 참으로 빠르시
군."

"그 눈치만큼 실력도 있었더라면 참 행복했을 텐데 말이
요."

"무림맹에서도 쫓겨나지 않았을 테고 말이지."

현월은 피식 웃었다.

이런 잡배들을 만나는 것이 처음은 아니었다.

오히려 익숙하다고 해도 좋았다.

암제로 불리기 전, 암영대의 대원으로서 임할 때에도 이런
자들은 있었으니 말이다.

자기계발의 의지조차 없이, 그저 자신의 처지를 한탄할 줄
만 아는 작자들.

강자에겐 한없이 약하면서도 약자 앞에선 한없이 강해지
는 이들이었다.

"얘기는 대충 들었소. 문주님께 절연을 당하셨다고?"

이죽거리는 문도들을 향해 현월이 입을 열었다.

"어쩐지 비무실 바깥에서 기척이 느껴진다 싶더라니, 이제
보니 그게 쥐새끼가 아니라 너희 기척이었나 보군."

"뭐야?"

"스스로의 공부에 정진해야 할 시간을 그렇게 낭비하다니,
너희 삶도 퍽이나 한가한 모양이군."

"……."

현월의 말에 문도들의 표정이 험악해졌다. 대표 격인 백구
용이 칵 하고 가래를 뱉었다.

"이 새끼가 그동안 문주님 아들이라고 오냐오냐 해줬더니
자기 주제를 모르고 기어오르네? 네놈과 우리 관계가 어땠었
는지 벌써 까먹었더냐?"

현월은 침묵했다.

잠깐 생각할 시간이 필요했기 때문이다.

그 정도로 백구용과 현검문 문도들은 기억 속에서 희미한
존재였다.

"그러고 보니, 너희가 그놈들이었군. 안 보이는 곳에서 나를 헐뜯거나 괴롭히고는 했던 놈들."

"헤, 이제야 기억이 났냐? 솔직히 너 같은 녀석이 문주님 아들이라고 거들먹거리는 건 눈꼴신 일이잖아?"

"딱히 거들먹거린 적은 없는 것 같은데. 뭐, 너희 같은 자들이 사람을 미워하는 데에 이유가 필요할까 싶지만."

"뭐라고?"

현월은 흥미를 잃었다는 듯 몸을 돌렸다.

"어쨌든 돌아가라. 지금은 너희 같은 것들에게 신경 쓸 시간도 아까우니까."

"어허, 어딜 내빼려고?"

백구용이 현월의 어깨를 짚었다.

그리고 그것이 그가 마지막으로 기억하는 광경이었다.

뻐억!

턱뼈가 박살 나는 소리와 함께 백구용의 몸이 반 장쯤 치솟았다.

간단한 권격만으로 사람의 몸을 솟구치게 만든 것이다.

이는 어지간한 완력과 내력으로도 쉽사리 구사할 수 없는 수준이었다.

다른 문도들의 시선이 치솟는 몸뚱이를 따라 위로 향했다.

그들이 시선을 내렸을 때, 현월은 이미 코앞까지 접근해 있었다.

퍼퍼퍼퍽!

관자놀이를 후려치는 주먹. 오금을 후리는 발끝. 인중과 명치를 동시에 타격하는 쌍장.

그 모든 것이 한순간에 펼쳐졌다.

"끄으윽!"

"꼬르륵."

갖가지 소리를 쏟으며 문도들이 널브러졌다.

문도들이 죄다 고꾸라지는 데엔 찰나의 시간조차 소요되지 않았다.

암천비류공을 펼칠 것도 없이, 가벼운 박투술만으로 그들을 모조리 쓰러트린 현월이었다.

"죽진 않았겠지."

나름 손속을 두긴 했지만 설령 죽는다 하더라도 현월은 별 느낌을 받지 않을 것이다.

앞서 현무량이 보았던 대로, 그는 이미 과거의 현월과는 완전히 다른 존재였던 것이다.

현월은 널브러진 문도들의 몸을 뒤져 몇 닢의 엽전을 챙겼다.

되도록 현유린이 준 돈을 아끼고 싶었는데 잘된 일이었다.

백구용은 어울리지 않게도 제법 멋들어진 장검을 차고 있었다.

현월은 거리낌 없이 그 장검도 챙겼다.

"이건 잘 쓰지."

들리지도 않을 말을 건네고 난 후, 현월은 시내 쪽으로 발걸음을 옮겼다.

5장

두 남매

"우선은 방해받지 않고 수련을 할 장소가 필요하겠군."

혼잣말을 중얼거리며 현월은 여남의 시내를 걷고 있었다.

시내는 활기가 넘쳤다.

장사꾼들은 하나라도 더 팔기 위해 경쟁에 열을 올리고 있었고, 여인들은 남정네들을 홀리기로 작정한 듯 갖은 치장을 하고 거리를 노닐었다.

평화롭고도 활기찬 광경.

현월에게 그다지 익숙한 모습은 아니었다.

"이게 무림맹 바깥의 세상이었군."

현월은 절로 쓸쓸함을 느꼈다.

암제로서의 삶은 애초부터 활기찰 수가 없었다.

암살행과 암살행 사이엔 스스로의 역량을 키우기 위한 고행과 수련이 있었고, 대부분의 시간은 개인 연공실에 틀어박혀 있기만 했다.

현검문이 멸망하고 가족들이 몰살당한 순간, 이미 개인으로서의 현월은 죽은 거나 다름없었다.

남은 것은 꺼지지 않는 분노와 증오, 그리고 다시는 자신과 같은 희생자를 만들지 않겠다는 집념뿐이었다.

그것을 이용한 자가 유설태였고 말이다.

그런 삶을 살았던 까닭일까.

평화로운 일상을 보내는 사람들의 모습이 어찌나 눈부신지 말로 다 형언할 수가 없었다.

"후우."

현월은 무거운 한숨을 토했다.

회귀대법은 결코 전가의 보도가 아니었다.

그 존재를 알고 몰래 익혔음에도 마지막까지 펼치지 않은 것은, 사술이 지닌 특유의 불확실성 때문이었다.

다행히 성공하여 이렇게 돌아오게 됐다지만, 만약 실패했을 시에 어떤 일이 벌어졌을지는 현월도 확신할 수 없었다.

더군다나 그가 돌아왔다는 것이 세상에 어떤 영향을 남겼는지는 현월 본인도 알지 못했다. 정말 두려운 점은 그것이었다.

"좋은 쪽으로 생각해야겠지."

애써 그렇게 중얼거리고 있는데, 문득 앳되고 자그마한 소녀가 달려오다가 현월과 부딪쳤다.

"앗, 죄송합니다. 죄송해요."

소녀가 고개까지 연신 꾸벅거리며 인사했다.

그리고 이내 다른 곳으로 달려가려다 휘청거렸다.

손에 쥐고 있는 끈이 팽팽하게 당겨져 있는 채였다.

그리고 그 끝에 있는 것은 현월의 전낭.

그 상황 앞에서 현월은 피식 웃었다.

"일단 그 손은 놓는 게 나을 것 같은데."

소녀의 얼굴이 순간 붉어졌다.

부딪치던 순간 그녀의 손이 전낭에 달린 끈을 낚았던 것이다.

물론 호락호락하게 당할 현월이 결코 아니었고, 전낭은 여전히 현월의 수중에 있었다.

"굳이 관아로 데려갈 필요는 없겠지. 눈감아 줄 테니 그만 물러가라."

현월이 나직한 목소리로 말했다.

지금은 이런 소매치기 따위에게 쏟는 시간조차 아쉬운 때였다.

하지만 소녀는 달아나지 않았다. 오히려 다급한 어조로 현월에게 청하는 것이었다.

"정말 죄송하게 됐어요. 다만 사정이 있어서 그러니 제발 도와주실 수 없을까요? 많이 필요한 것도 아니고 약간이면 돼요. 그러니까……."

"그런 말을 할 거라면 소매치기를 하기 전에 했어야지. 이미 도둑질을 하려다 실패했는데 그 말이 무슨 의미가 있지?"

"제발……."

그때 소녀의 뒤편이 시끌시끌해졌다.

"저쪽이다!"

"도망치지 못하게 포위해!"

"치잇!"

소녀는 결국 포기하고서 끈을 놓고 달아나려 했다.

그러나 그녀가 도망치려던 방향에서도 일련의 사내들이 몰려들고 있었다.

삽시간에 포위망이 완성됐다.

그 가운데에 소녀와 현월이 갇힌 꼴이 되었다.

주변 사람들은 멀찍이 떨어져서는 구경만 할 뿐이었다.

꽤나 큰 소란이 일었는데 포졸들은 나타날 기미도 보이지 않았다.

여남의 치안이 어떠한지 대강 짐작이 가는 광경이었다.

현월은 앞서 느꼈던 눈부심이 한순간에 사라지는 것을 느꼈다.

'산적 토벌을 관아가 아닌 현검문에서 맡은 것도 어찌 보면 당연하군.'

현월은 나직이 혀를 찼다.

조금 전까지 보였던 활기찬 모습은 결국 겉치레에 지나지 않았던 것이다.

애꾸눈 사내 하나가 대표인 양 나섰다.

"이 쥐새끼 같은 년. 약조는 약조이니 도망칠 생각일랑 접고 그만 따라오너라."

"……."

소녀는 대꾸하지 않고 현월의 뒤로 숨었다.

그것을 본 애꾸눈이 현월에게 물었다.

"아는 사이요?"

"전혀."

"그럼 됐군. 그 계집을 좀 넘겨주시겠소? 쓸데없는 소요는 피차 피합시다."

"그러지."

현월은 옆으로 비켜섰다.

소녀가 끈덕지게 등허리에 달라붙으려 했지만 가볍게 밀

어 제지시켰다.

새하얗게 질린 소녀가 소리쳤다.

"제발 도와주세요!"

"내가 왜 너를 도와야 하지?"

"저들은 대금업자들이에요. 제 오빠가 진 몇 냥의 빚을 수십 배로 불려서 저희 남매를 가혹하게 착취했단 말이에요!"

"그게 내가 널 도와야 할 이유는 되지 않는다."

"하, 하지만……."

"물러가라. 네 인생에 날 끌어들이려 하지 마라."

현월의 태도는 싸늘했다.

마지막으로 인정에 기대려 했던 소녀의 얼굴이 절망으로 물들었다.

애꾸눈이 흐흐 웃으며 소녀에게 다가갔다.

"눈치가 좋은 형씨로군. 고맙수다."

가볍게 고개를 끄덕이던 현월의 눈에 이채가 스쳤다.

"그 물건."

"응?"

현월의 시선은 애꾸눈의 허리춤에 가 있었다.

나무를 깎아 만든 자그만 호각이 그곳에 달려 있었다.

"당신 것인가?"

"어, 그렇소만……?"

애꾸눈은 살짝 당황한 눈치였다.

뒤쪽에서 대기하던 사내들이 남들 모르게 시선을 교환했다.

여차하면 검을 빼어 들 기세.

그때 현월이 담담한 어조로 말했다.

"그렇군."

현월은 그 말을 끝으로 몸을 돌려선 멀어졌다.

사내들은 긴장을 누그러트렸고 애꾸눈은 소녀의 목덜미를 콱 움켜쥐었다.

"그럼 이제 돌아가 볼까? 못 다한 빚 탕감을 계속해야지."

"흐윽……."

소녀가 눈물이 그렁거리는 눈으로 주변을 돌아봤지만 사람들은 하나같이 그녀를 외면했다.

조금 전까진 나름 흥미진진하게 지켜보던 이들이 한순간에 그녀를 없는 사람 취급하고 있었다.

그것이 소녀 앞에 닥친 현실이었다.

"가자꾸나."

애꾸눈의 스산한 말에 소녀가 걸음을 뗴었다.

사내들이 그녀가 달아나지 못하게끔 양손을 붙들었다.

애꾸눈 패거리는 여남 남부의 인적 드문 골목으로 향했다.

골목 구석에 허름한 집이 한 채 있었는데, 그곳엔 패거리와 비슷한 행색의 사내들이 모여 있었다.

"잡아왔구먼."

"흘흘, 어떤 얼간이 녀석 덕분에."

애꾸눈이 실실 웃으며 대꾸했다.

사내들은 소녀를 보며 음흉한 시선을 교환했다.

대강 어떤 생각들을 하는지 겉에 다 드러나는 얼굴들이었
다.

소녀는 희망을 잃은 모습이었다.

힘없이 바닥만 쳐다보고 있는 것이 삶의 의지마저 꺾인 듯
했다.

물론 애꾸눈으로선 알 바 아닌 일이었다.

다만 소녀가 혀를 깨물거나 하는 것만은 바라지 않았다.

"자결하거나 허튼짓을 하려 들면 그 즉시 네 오라비의 팔
다리를 토막 내겠다."

소녀가 흠칫 몸을 떨었다.

말뜻을 충분히 이해한 듯싶었기에 애꾸눈은 만족했다.

"그런데……."

패거리 중 하나가 물었다.

"저기 달고 온 혹은 누군가?"

애꾸눈은 의아한 얼굴로 반문했다.

"달고 온 혹이라니?"

"저기 있잖은가. 자네들을 따라온 것 같은데?"

그제야 애꾸눈은 뒤를 돌아봤다. 익숙한 얼굴이 그곳에 있었다.

그 얼간이 녀석이었다.

"……무슨 일이오, 형씨?"

자기도 모르게 경직된 목소리가 나왔다.

애꾸눈은 그 와중에도 현월의 눈에서 시선을 떼지 못했다.

"그 호각."

"호각이 뭐 어쨌단 말이오?"

"꽤 여러 번 봤거든. 거기 있던 놈들은 하나같이 그걸 허리에 차고 있더군. 아마 그게 네놈들의 신분을 증명하는 수단일 테지? 연락 수단도 겸할 수 있을 테고. 제법 머리를 썼군."

"거기… 라니? 설마?"

애꾸눈의 등허리에 오싹 소름이 돋았다.

요 며칠간 그들을 엄습했던 소식. 그것이 얼간이의 말이 머릿속에서 한데 어우러졌다.

"설마 네놈은……!"

콰악!

애꾸눈은 말을 잇지 못했다.

현월이 던진 장검이 하나 남은 눈동자에 틀어박혔던 것이다.

절명한 애꾸눈이 무너지는 순간, 사내들은 누가 먼저랄 것 없이 병장기를 뽑아 들었다.

"이런 미친 새끼가?"

"튀겨 죽여 버리겠다!'

현월은 그들의 저주 어린 외침을 한 귀로 흘리며 면면을 훑었다.

몇 놈은 호각을 차고 있고 몇 놈은 아니었다.

아까 전의 대화를 머릿속에 떠올렸다. 대략적인 상황이 머릿속에서 그려졌다.

'산채에 있다간 내게 습격당할 테니, 아예 산적들을 노름꾼과 빚쟁이들 사이에 끼워 넣어 시내에 잠입시킨 모양이군. 시내에도 놈들과 호응하는 세력이 있는 모양이고.'

여남의 형편없는 치안 상태를 생각해 보면 어려운 일은 결코 아니었다.

다만 저들에게 있어 불행한 일이라면, 하필 현월과 맞닥뜨렸다는 것이었다.

현월은 애꾸눈에게서 장검을 쑥 뽑아내고는 소녀를 돌아봤다.

소녀는 덜덜 떨면서도 현월에게서 눈을 떼지 못하고 있었다.

"숙여."

"예?"

"숙여라. 내가 말할 때까지 고개를 들지 마."

소녀가 황급히 고개를 숙였다.

다음 순간 현월은 그녀의 몸을 넘어서 사내들에게 쇄도하고 있었다.

"놈을 죽여!"

서걱!

명령을 한 사내의 목이 제일 먼저 달아났다.

비록 어둠이 깔리지 않았다고는 해도, 당황한 적의 목을 베는 것쯤은 현월에게 있어 간단한 일이었다.

현월은 어렵잖게 패거리를 몰아붙였다.

검이 백색 궤적을 그릴 때마다 시뻘건 핏줄기가 이어지듯 터져 나왔다.

공포에 질린 비명 소리가 검격이 꽂히는 순간 딱 끊어졌다.

"으아아악!"

"커억!"

현월은 한 마리 야수였다.

첫 사냥을 나선 뒤로도 꽤나 시간이 흐른 차였고, 현월의 무공은 지금 이 순간조차도 급속도로 성장하고 있었다.

변변한 무기조차 없었던 그때와 달리 손에 가장 익숙한 장검이 들려 있기도 했다.

현월은 검은색 돌풍이 되어 산적들을 유린했다.

비명 소리와 병장기 부딪치는 소리가 한동안 이어졌다.

소녀는 덜덜 떨면서도 한동안 고개를 쳐들지 못했다.

어느 순간 소음이 뚝 끊겼다.

소녀는 딸꾹질을 했다. 고개를 푹 숙이고 있던 그녀로서는 상황이 어찌 됐는지 알 길이 없었다.

비명과 고함이 연달아 터져 나왔지만 그게 누구 것인지 생각할 여력도 없었다.

그 남자가 이겼다면 모르되 그게 아니라면…….

소녀의 공포심이 극에 달할 때쯤, 나직한 목소리가 적막을 깼다.

"일어나도 좋다."

"아……."

소녀는 안도했다.

차분하지만 무뚝뚝한 그 목소리가 지금만큼은 세상 그 무엇보다 반가웠다.

사방이 피로 물든 가운데 현월은 천으로 검신을 닦아내고 있었다.

소녀는 용기를 내어 말했다.

"저, 정말 감사합니다."

"고마워할 필요는 없어. 저들이 호각을 지니고 있지만 않왔던들 널 돕진 않았을 테니까."

"그래도요. 어찌 됐든 덕분에 목숨을 건졌잖아요."

현월은 여전히 무표정했다.

다만 입을 달싹거리고 있었는데, 무언가 말을 하기가 조금 주저되는 모양이었다.

소녀가 먼저 운을 뗐다.

"말씀하세요. 전 괜찮아요."

"…저 안쪽, 싸우던 중에 들어가 봤는데 시체 하나가 있었다. 나와 비슷한 연배의 사내더군."

"……."

"죽은 지 얼마 되지 않은 것 같았다."

소녀는 고개를 끄덕였다. 현월의 말이 의미하는 바를 알고 있었기 때문이다.

그녀는 건물 안으로 들어갔다가 잠시 뒤에 나왔다.

애써 눈물을 참는 얼굴이었다.

"오빠예요."

"그렇군."

애꾸눈 패거리는 이미 소녀의 오라비를 죽인 뒤였다.

그러고도 소녀를 겁간하려 했던 것이다. 이미 죽은 오라비를 인질로 삼아서.

살행에 익숙한 현월로서도 치가 떨리는 일이었다.

"조금만 더 도와주실 수 있으세요? 저 혼자서는 오빠를 옮기지 못할 것 같아요."

"……."

"매장이라도 시켜주고 싶어요. 한 번도 도움이 된 적은 없지만, 그래도 하나뿐인 오빠니까……."

현월은 작게 한숨을 쉬었다.

"혹시 집이 있나?"

"외곽에 오두막 하나가 있어요. 그곳에서 오라버니와 둘이서 살았어요."

"인적은 드물고?"

"사람 구경하기가 모기 구경하기보다 힘든 곳이에요."

"잘됐군."

현월은 몸을 일으켰다.

"며칠만 신세를 지마."

* * *

두 시진쯤 뒤.

소녀는 갓 만들어진 봉분 앞에 있었다.

"하늘에서는 편히 쉬어, 오빠. 그곳에선 노름 같은 거 하지 말고."

제법 의젓하게 작별 인사를 남긴 그녀가 현월에게로 다가 왔다.

"제 이름은 담예소라고 해요. 오라버니는요?"

"현월. 그리고 난 네 오라비가 아니다."

"그럼 아저씨라고 부를까요?"

"그쪽이 편하기는 한데……."

"하지만 아저씨라 하기엔 그리 나이가 많아 보이지 않는걸요."

하긴 그럴 것이다.

내용물이야 마흔을 앞뒀던 사내일지언정 그 외관은 약관도 채 안 된 청년의 모습이었으니.

결국 현월은 나직이 말했다.

"네 좋을 대로 부르거라."

"헤헤, 네."

제법 붙임성이 있는 아이였다.

애써 슬픔을 추스르고 웃음을 가장하는 걸 보면 나이에 비해 상당히 성숙하다는 생각도 들었다.

현월은 담예소와 그 오라비가 사용했다던 오두막을 보았다.

말이 좋아 오두막이지, 당장이라도 쓰러지려는 모습이 위태로워 보였다.

'어차피 편히 지내고자 한 것은 아니었으니.'

객잔이나 숙소처럼 등 따습고 편안한 곳이라면 오히려 어색할 것이다.

그런 점에선 눈앞의 오두막이 오히려 친숙했다.

"그런데 오라버니는 어느 문파의 무인이세요?"

담예소가 물었다.

궁금하기도 할 테지만, 그보다는 슬픔을 잊기 위해 화제를 돌리는 쪽에 가까웠다.

잠시 생각하던 현월이 대답했다.

"딱히 사문은 없다. 이것저것 잡다하게 익혔지."

"그런 것 치고는 굉장히 강하시던걸요."

"내가 싸우는 걸 보지도 못했을 텐데?"

"그래도 시간이 얼마나 흘렀는지 정도는 알 수 있으니까요. 그 사람들, 제법 센 편이었는데 순식간에 나가떨어진 거 잖아요."

"그렇군."

대화가 다시 끊겼다.

어색함에 몸을 배배 꼬던 담예소가 재차 질문을 던졌다.

"현월 오라버니, 혹시 말이에요. 제자 받으실 생각은 없으세요?"

"없다."

딱 잘라 말하는 현월.

그래도 담예소는 포기하지 않았다.

"저 잡일이라면 뭐든 잘해요. 밥도 잘 짓고 청소도 잘하고요. 그리고 원하신다면 그것도⋯⋯."

현월은 미간을 찌푸렸다.

담예소가 말하는 그것이 무언지 대강 예상이 됐던 것이다.

"다시는 그런 말일랑 꺼내지 마라. 난 스스로를 하찮게 여기는 사람을 가장 싫어하니까."

"네⋯⋯."

"게다가 내 무공은 너와는 맞지 않아. 스승을 원한다면 차라리 다른 사람을 찾아보는 편이 더 나을 거다."

"알겠어요."

담예소는 시무룩해져선 고개를 숙였다.

그녀가 무슨 생각을 하는지 현월은 대충 알 것 같았다.

사제의 연이라도 맺지 못하는 한 현월과 그녀 간의 관계는 일시적일 테고, 현월이 떠나가는 순간 그녀는 다시 외톨이가 될 터였다.

그것만큼은 피하고 싶은 것이 그녀의 생각일 테지.

그렇기에 어떻게든 현월에게 자신의 가치를 부각시키려 드는 것이겠고.

'제자라.'

현월에게 있어선 씁쓸한 단어일 수밖에 없다.

굳이 그의 스승을 꼽자면, 한 사람밖에는 생각할 수 없기 때문이다.

'유설태.'

한때는 세상 그 누구보다도 존경하고 믿었던 자.

그런 자의 끄나풀이 되어 무림맹 멸망에 일조하고 말았다.

설령 과거로 되돌아왔다 하더라도 잊을 수가 없는 일이었다.

"저어……."

현월의 침묵이 길어지자 담예소가 다시금 말을 걸었다.

"배고프지 않으세요, 오라버니?"

안 그래도 꼬르륵거리는 소리가 울리고 있었다.

두 사람 모두의 뱃속에서 사이좋게.

"그렇군. 우선은 뭐라도 먹어야겠구나."

"오두막에 쌀 알맹이가 약간 남아 있을 거예요. 박박 긁으면 죽을 해먹을 정도는 나올지도 몰라요."

"아니, 됐다. 어찌 됐든 배는 든든하게 채우는 편이 좋으니까."

"저, 그러면……."

"음?"

"그러니까요. 오라버니도 아시겠지만 저는 지금 가진 돈이 하나도 없거든요? 그러니까……."

"네 몫까지 사달라는 거군."

"날로 먹겠다는 건 아니에요! 언젠가는 꼭 갚을 거니까요. 그, 그러니까요. 가능하시다면 좀……."

담예소는 간절한 눈빛을 지으며 현월을 올려다봤다.

그 모습이 어딘지 모르게 현유린의 어릴 적을 떠올리게 했다.

'여동생이라.'

현월은 피식 웃었다.

생각해 보면 현유린은 현월에게 어리광을 부린 적이 거의 없었다.

예전엔 단순히 조숙한 아이라 그랬겠구나 싶었는데, 되돌아보니 그런 것만도 아니었다.

'문제는 내게 있었지.'

열 살 이후로 현월은 대련에서 현유린을 이겨본 적이 한 번도 없었다.

그리고 그때를 기점으로 현유린이 현월에게 어리광을 부리거나 살갑게 구는 일이 줄어들었다.

오라비를 싫어한다거나 얄봤기 때문은 아니었다.

오히려 현월이 낙심할까 봐 현유린 나름대로 배려를 한 것이었으니, 마음씨 고운 그녀답다고 해야 옳은 일이었다.

그때를 기점으로 현유린이 현월에게 공대를 하기 시작했기도 하고.

다만 그로 인해 남매 사이엔 보이지 않는 벽이 생겼다.

지나치게 예의를 차리게 된 탓에 예전 같은 살가움은 줄어들었던 것이다.

그런 와중에 담예소의 모습을 보니 옛 생각이 떠올랐다.

현월은 자기도 모르게 담예소의 머리를 쓰다듬었다.

"근처에 괜찮은 객잔이 있다면 소개시켜다오. 네가 추천한 곳의 맛이 괜찮다 싶으면 네 밥값을 제하는 걸로 하지."

"헤헤. 네, 오라버니!"

*   *   *

천중산에는 맹수가 살지 않는다.

그러나 이는 엽사들의 솜씨는 아니었다.

그저 엄청난 숫자로 모여든 녹림도로 인한 결과였다.

사람이 지나치게 모여든 탓에 동물들도 맹수들도 죄다 산을 떠나 버린 것이다.

천중산 중턱의 산채.

맹수들을 몰아낸 인간들이 그곳에 있었다.

주변 숲을 깎아 만든 거대한 목책이 성벽처럼 둘러져 있었고, 그 안에는 수백 명에 이르는 산적이 거주했다.

쾅!

문짝이 박살 나는 소리와 함께 산적 하나가 산채 밖으로 튕겨져 나갔다.

그러고도 몇 장을 데굴데굴 굴러가서야 멈췄다.

그의 모습을 확인한 주변 산적들이 마른침을 꼴깍 삼켰다.

녹림맹 내에서 서열 다섯 번째를 차지하는 미친개 설추육이었다.

설추육은 끙끙거리기만 할 뿐 얌전히 몸을 사리고 있었다.

이미 늘씬하게 구타라도 당한 듯 얼굴에는 시퍼런 멍이 가득했다.

그가 일방적으로 언어맞고도 깨갱할 수밖에 없는 상대는 하나뿐이었다.

녹림맹 서열 일위.

녹림맹주 설붕도(雪崩刀) 백자경이 밖으로 걸어 나왔다.

"이 개자식아. 다시 말해봐라. 뭐가 어떻게 되었다고?"

"여, 여남 근방의 산채들이 죄다 털렸수다."

"오냐. 말 한번 참 잘했다. 그래서 그 얘기를 전하려고 눈썹이 휘날리게 달려왔다는 거지?"

"예, 두목."

백자경은 두 눈을 희번덕거렸다.

아차 싶었던 설추육이 황급히 덧붙였다.

"제, 제가 말이 헛나왔습니다, 맹주님."

"넌 오늘 죽을죄를 두 개나 저질렀다."

하나는 물론 백자경을 두목이라 부른 죄였다.

녹림맹이 결성된 이래 그는 줄곧 맹주라 불리기를 바랐던 것이다.

물론 산적 두목이라는 본래의 정체성은 그대로 유지했다.

수틀리면 일단 두들겨 패고 봤으며, 예쁘장한 계집이라도 있을라 치면 앞뒤 재지 않고 우선 덮쳐 놓고 봤다.

그럼에도 그는 수하들로부터 두목이 아닌 맹주로 불리길 원했다.

아마 그쪽이 훨씬 멋이 난다고 생각하는 것이 분명했다.

그런 백자경을 두목이라 불렀으니, 그것만으로도 설추육은 복날 개처럼 늘씬하게 두들겨 맞을 이유가 되었다.

'그런데 두 개라고?'

설추육은 딸꾹질을 했다.

대체 자기가 뭘 또 잘못했단 말인가?

그것을 본 백자경이 눈매를 좁혔다.

"너 이 새끼, 나머지 하나가 뭔지 모르겠지?"

"예, 예?"

"말해봐라. 네놈의 죄가 뭔지 말이다."

"두… 아, 아니 맹주님을 두목이라 부른 것이 제 잘못입지요."

"나머지 하나 말이다."

"제 소식이 너무 늦었습니까?"

성큼성큼 다가온 백자경이 설추육의 복부를 걷어찼다.

켁 하고 숨이 막힌 설추육이 배를 부둥켜 쥐고는 꺽꺽거렸다.

"네 입으로 산채들이 싹 털렸다고 했지?"

"커헉, 큭, 예. 그랬습죠."

"근데 왜 살아 돌아왔냐?"

설추육은 꿀 먹은 벙어리가 되었다.

"산채들이 털렸는데 왜 네놈만 살아 돌아왔느냔 말이다. 장수된 자로서 마땅히 산채와 운명을 같이했어야 하는 것 아니냐?"

"자, 장수라니요?"

"우리 녹림맹은 그 자체로 하나의 군대고, 나는 지휘관이며 네놈들은 장수다! 장수가 성과 함께 죽는 것은 당연한 것 아니냔 말이다!"

설추육은 끙 하는 소리를 냈다.

얼마 전 끌려온 자들 중에 매화자(賣話者)가 있다 싶더니만, 아무래도 군담소설 몇 개를 풀어 놓은 모양이었다.

"죄, 죄송합니다, 맹주."

"죄송하면 다냐? 엉?"

백자경은 한동안 설추육을 두들겨 팼다.

맷집만큼은 녹림맹 최고인 설추육이었기에 겨우 정신은 붙들 수 있었다.

"끄으응."

질편하게 늘어진 설추육. 백자경은 그제야 구타를 멈추고는 씩씩거렸다.

"이래서야 그분께서 나를 무림맹에 받아주시겠느냔 말이다. 네놈들이 이 모양인데!"

그가 산적들의 연합을 녹림맹이라 이름 지은 이유는 간단했다.

무림맹과 어감이 비슷했던 것이다.

그리고 그를 뒤에서 조종하는 이는 무림맹의 인물이었다.

백자경은 약조를 얻었다.

이번에 현검문을 확실히 몰살시킨다면 그와 녹림맹 무리를 무림맹에 받아주겠노라고.

백자경의 경우엔 지저분한 과거 기록도 모조리 청산해 주겠다고 했다.

그뿐 아니라 아예 새로운 신분까지 제공하겠다고 약속을 받았다.

싸구려 산적 무리에서 단번에 무림의 협사가 되는 것이다.

백자경으로서는 이만큼 군침이 도는 제안도 없었다.

거절할 수 없는 제안을 받아든 것이 고작 몇 달 전의 일.

그때까지만 해도 앞으로의 일이 탄탄대로일 거라 생각했다.

그런데 요사이 돌아가는 상황은 결코 달갑지가 않았다.

우선은 현검문의 저항이 꽤나 거셌다.

예전부터 관아 대신 자경단 노릇을 해서 단단히 미운털을 박아 놓은 놈들이었다.

언제고 설욕을 해주리라 벼르고 있었기에 무림맹의 제안을 받았을 땐 꽤나 기뻤다.

이것이야말로 임도 보고 뽕도 따는 격이었던 것이다.

그런데 근래엔 정체불명의 흉수까지 등장하고 말았다.

"젠장! 현검문의 능구렁이 놈이 벌인 짓인가?"

무려 네 개의 산채가 짓밟혔다.

그곳을 사수하던 칠십여 명은 몰살당했고, 그럼에도 흉수에 대한 단서 하나 찾을 수 없었다.

소수 정예로 이루어진 무리였다는 것만 어렴풋이 짐작할 따름이었다.

그리고 그 보고를 하러 천중산까지 온 설추육은 늘씬하게 얻어맞아 뻗어 있는 상태였다.

여남 쪽 산채들은 설추육이 관리하고 있었던 것이다.

"아무래도 안 되겠다. 이렇게 된 거, 현검문 놈들에게 누가 위인지 확실히 가르쳐 주는 수밖에."

백자경은 부하들을 시켜 물동이를 가져오게 했다.

그리고 그것을 뻗어 있는 설추육에게 뿌렸다.

"뜨헉."

정신을 차린 설추육은 백자경을 보고는 바짓가랑이에 매달렸다.

"제발 살려주십시오, 맹주. 이러다 정말 죽겠습니다."

"네놈이 죽든 말든 내 알 바 아니지! 하지만 나는 관대하니 네놈에게 마지막 기회를 주겠다."

기회라는 말에 설추육의 귀가 틔었다.

"녹림병 오십을 주겠다. 그들을 거느리고 여남에 잠입해라. 그곳에서 기다리다가 우리 본대가 도착할 때에 맞춰서 현검문을 치는 거다."

"오오오."

나름대로의 양동 작전이었다.

실제로 그것에 대해 말하는 백자경은 자부심 가득한 표정이었다.

설추육도 천하의 진기한 계략을 다 본다는 얼굴을 하고서 백자경을 우러러봤다.

"과연 맹주님이십니다. 그런 기똥찬 작전은 어떻게 생각하신 겁니까?"

"흐흐흐. 내가 요즘 병법에 심취해 있거든."

분명 매화자에게서 들은 군담소설 애기일 터였다.

그렇게 확신했지만 설추육은 구태여 말하진 않았다.

매를 벌 필요는 없었으니까.

"그리고 이번에도 사고를 치거나 문제가 생긴다면, 넌 진짜 내 손에 죽는다."

"무, 물론입죠. 걱정하지 마십시오, 두목."

마지막까지 말실수를 한 설추육의 콧등에 백자경의 주먹이 꽂혔다.

6장

통천각의 요원

"여기예요."

담예소의 안내를 받아 찾아간 객잔은 아담하면서도 소박
했다.

한창 식사할 시간임을 감안하더라도 객잔은 꽤나 붐비고
있었다.

조용한 걸 선호하는 현월로선 마뜩치만은 않았지만 내색
하진 않았다.

손님이 넘친다는 건 맛이 보증되었다는 의미이기도 했으
니까.

두 사람은 구석진 자리에 앉았다.

주문을 받으려던 점소이가 담예소를 보고는 미간을 찌푸렸다.

"너 또 왔냐?"

"오면 안 돼요?"

당돌하게 고개를 쳐들며 대꾸하는 담예소.

점소이가 손가락을 구부려 동그랗게 만들었다.

"이거는 있고?"

담예소는 현월의 눈치를 봤다.

현월은 일부러 소리가 나게끔 전낭을 탁자 위에 올려놨다.

짤그락대는 소리에 점소이가 대번에 표정을 폈다.

"헤헤, 뭘 드시겠습니까?"

현월은 담예소를 돌아봤다.

"네가 알아서 시켜봐."

"정말 그래도 돼요?"

"다만 먹을 만큼만 시켜야 한다. 쓸데없는 지출을 만들고 싶진 않으니."

"그 정도야 알고 있죠."

담예소는 기다리기라도 했다는 듯 별별 음식의 이름을 나열하기 시작했다.

오리 구이라든가 농어 찜 같은 것은 대강 알겠는데, 대부분은 현월로서도 처음 듣는 음식이었다.

열심히 주문을 받아 적던 점소이가 떠나자 담에소가 다시 현월의 눈치를 봤다.

스스로도 많이 시켰다는 걸 깨달은 모양이었다.

"여기, 포장도 되니까 먹다가 남더라도 싸가면 될 거예요."

"알겠다."

현월은 짤막히 대답하고 말았다.

그 역시 기왕이면 이런저런 음식을 먹어보고 싶었던 것이다.

'그러고 보면……'

암제로서 지내던 시기에도 호화로운 식사를 해본 기억은 없었다.

이따금 유설태의 호출을 받아 진수성찬을 대접받긴 했지만 짧게 입만 대기 일쑤였다.

가족들을 모두 잃은 주제에 홀로 풍요롭게 지낸다는 건 스스로 용납할 수 없었기에.

과거로 돌아온 후에도 상황은 다르지 않았다.

곧장 집으로 돌아와야 했고, 돌아온 후엔 어두운 연공실 안에서 물과 벽곡단만으로 연명해야 했다.

다시 말해, 현월로서는 실로 수십 년 만의 진수성찬인 셈이다.

그것도 다소 해방된 마음으로 즐길 수 있는.

담예소는 의자 다리를 발로 툭툭 치며 객잔을 돌아보고 있었다.

한동안 여기저기를 두리번거리던 그녀가 현월에게 속삭였다.

"저거 보이세요?"

담예소가 가리킨 쪽엔 일련의 무리가 있었다.

흑의를 입은 장정과 백의를 입은 여인, 그리고 청의를 입은 사내까지 셋.

사내는 등을 보이고 있었기에 얼굴을 확인할 수는 없었다.

다만 반백의 머리칼과 얼핏 보이는 손등의 주름으로 중년인임을 짐작할 따름이었다.

'상당히 숙달된 검수로군. 그것도 매우 오랫동안 검을 익힌.'

현월의 버릇 중 하나였다.

사람을 볼 때는 얼굴을 비롯한 여느 신체보다도 손으로 먼저 눈이 가고는 했다.

손은 많은 것을 가르쳐 준다.

그 사람의 연령과 직업, 그에 대한 숙달도, 싸울 때의 사소한 버릇과 습관까지도.

현월이 말없이 있자니 담예소가 다시 재잘거렸다.

"저 사람들 허리춤에 있는 은호패, 보이세요?"

그리고 보니 하나같이 허리춤에 은색 호랑이 형상이 양각된 호패를 지니고 있었다.

현월로서는 난생 처음 보는 것인데, 담예소는 그게 무언지 알고 있는 눈치였다.

담예소가 목소리를 살짝 낮췄다.

"여남 흑도 무리의 상징이에요. 그중에서도 고위층에게만 주어지는 게 은호패래요."

"넌 그걸 어떻게 알고 있지?"

"오빠가 가르쳐 줬어요. 은호패를 가진 사람은 절대 털어먹을 생각 하지 말라고요."

"털어먹는다고?"

"음, 그러니까요. 저랑 현월 오라버니랑 처음 만났을 때처럼요."

현월은 고개를 끄덕였다.

아무래도 그녀도, 그녀의 오라비도 그동안 소매치기로 연명했던 모양이었다.

그때 중년인이 자연스럽게 고개를 돌렸다.

그의 눈이 현월과 담예소를 은근슬쩍 스쳤다.

그러고는 마치 아무 일도 아니라는 듯 다른 두 명에게로 고개를 돌렸다.

그러나 현월은 알 수 있었다.

'우릴 기억했군.'

의미 없는 행동으로 가장하긴 했으나 현월을 속일 순 없었다.

현월 역시 그 짧은 순간 중년인의 얼굴을 머릿속에 각인했던 것이다.

이는 수많은 훈련을 통해서 가능한 일.

중년인이 살수라는 증거였다.

'우리의 대화도 들은 모양이다.'

물론 그 대화만으로 사람을 죽일 일이 생기진 않을 것이다.

아마 만약을 대비해 생김새를 기억한 듯했다.

그냥 무시하고 말 일이라면 좋겠지만, 정녕 그렇게 될지는 아직 모르는 일이었다.

'흑도의 무리라.'

여남 무림의 그림자를 지배하고 있는 이들. 결코 무시할 자들은 아니다.

무림맹을 위시로 한 정파 무림이 있다고는 하나, 배후에서 도시를 지배하는 건 흑도들이란 얘기가 있기도 했다.

그리고 그들은 현검문의 멸망과 관련이 있을지도 몰랐다.

'그렇게 엄청난 숫자의 산적이 몰려들었는데도 여남의 관부는 아무 행동도 취하지 않았다.'

미리 약조가 있지 않고서야 불가능한 일.

어쩌면 거기에 혹도 무림의 손길이 뻗어 있었을지도 모른다.

그렇게 생각하는 와중, 점소이가 마침내 찐 만두를 시작으로 음식들을 날라 오기 시작했다.

"하아……."

담예소가 기묘한 탄성을 뱉으며 음식들을 바라봤다.

황홀하기 그지없는 표정이, 정말 기쁘긴 기쁜 모양이었다.

그녀가 재차 현월의 눈치를 봤다.

의미를 깨달은 현월이 덥석 만두를 집었다.

그것을 본 담예소도 기쁜 얼굴로 젓가락을 들었다.

두 사람은 게걸스럽게 식사를 해나갔다.

그 와중에 현월은 혹도 무리 쪽에 신경을 집중했다.

백주 대낮에 남들이 훤히 보는 객잔에 들어와 작당을 하는 것은 어떤 의미일까, 그것이 궁금했던 것이다.

청력을 집중해 보았다.

그러나 시시콜콜한 대화만이 이어졌다.

날씨가 어떻다느니, 음식 맛이 썩 괜찮다느니 하는.

그렇기에 더욱 의문이 들었다.

아무리 생각해도 지나치게 평범한 대화였던 것이다.

평범함이 지나쳐 작위적이다 싶기까지 한 그런 대화 말

이다.

현월은 이내 그 이유를 알 수 있었다.

'수신호인가.'

별것 없는 대화를 하는 것 치고는 동작이 지나치게 다양했다.

더군다나 서로 간에 비슷한 동작도 몇 차례 오갔다.

진짜 의사소통은 이쪽이라는 의미.

다만 그것을 굳이 객잔까지 와서 한다는 게 의아했다.

'뭔가가 있기는 있군.'

죽 찢은 오리 다리를 질겅거리며 현월은 생각했다.

문제는 그것을 파헤치느냐, 아니면 일단 유보해 두느냐는 것이었다.

녹림도 연맹의 습격까지는 이제 얼마 남지 않았을 것이다.

그것에만 대비해도 벅찰 지경인데 다른 일에까지 신경을 쓸 여유는 없었다.

하나 그렇다 하여 혹도 무림을 그냥 둘 수도 없는 일.

내버려 뒀다간 녹림도와 작당, 현검문을 철저히 고립시킬 것이다.

여남의 관에 그들의 손길이 뻗어 있음은 확실했으니까.

현월은 감각을 확장시켰다.

오감을 총동원해 객잔 안의 기류를 파악하려 했다.

'그런 건가.'

이 층에 있는 또 하나의 무리.

구도상으로 보면 노대 너머를 통해 흑도 무리가 빤히 내려다보이는 위치다.

더군다나 그들 역시 보통 무인은 아닌 듯했다.

'흑도 무리는 저들을 속이려 하고 있다. 그렇다면 저들은 다른 세력권의 무인이란 건데.'

현월은 힐끔 시선을 돌려 이 층 쪽을 보았다.

이내 그들이 누군지 알 수 있었다.

복색은 각양각색이지만, 그들에게서 풍기는 기도는 무척이나 익숙한 것이었다.

'무림맹……'

한 가지는 확실해졌다.

현검문의 멸망에는, 현월이 생각한 것보다도 거대하고 복잡한 이해관계가 얽혀 있었다.

그때 위층 무리 중 한 명과 시선이 얽혔다.

여인, 현유린과 비슷한 또래이거나 약간 나이가 더 많은 듯싶었다.

그런데 표정이 묘했다.

현월을 보고는 지나치게 놀란 얼굴을 하는 게 아닌가.

뭔가 싶어 가만히 있으려니, 그녀가 동료들에게 뭔가를 얘기한 후 아래층으로 걸어 내려왔다.

"장칠? 정말 울보 칠이니? 이게 대체 얼마만이야!"

다짜고짜 말을 놓는다.

더군다나 엉뚱한 이름까지 꺼내 놓는다.

이름뿐이면 그렇다 치는데, 울보는 또 뭐란 말인가?

현월이 어이가 없어서 가만히 보고 있자니 그녀가 전음을 보내왔다.

[잠깐이면 되니까 장단 좀 맞춰 주겠어요? 후사는 꼭 하겠어요.]

담예소는 호기심 어린 눈으로 현월과 여인을 번갈아 보고 있었다.

현월이 결국 입을 열었다.

"……오랜만이군."

"그러게! 넌 어쩜 십 년 전이랑 변한 게 없구나. 요즘도 질질 짜고 그러는 건 아니지?"

"……"

"잠깐 같이 좀 앉아도 되지?"

그녀는 자연스럽게 합석을 하고는 담예소의 머리를 쓰다듬었다.

"우리 미미도 벌써 이만큼이나 컸구나?"

"오랜만이에요, 언니. 몰라보게 예뻐지셨네요."

눈치 빠른 담예소가 장단을 맞췄다.

여인의 눈에 안도의 기색이 스쳤다.

가만히 그녀를 지켜보던 현월도 전음을 보냈다.

[대강 무슨 목적인지는 알겠군. 이것도 인연이니 통성명이나 합시다.]

[서아현. 무림맹 통천각 소속이에요.]

[현월.]

여인, 서아현의 눈에 이채가 스쳤다.

[설마… 현검문의 장자?]

[그렇소. 지금은 절연당했지만.]

[절연이라니요? 그게 무슨 소리죠?]

[사정이 있소.]

[그래 보이는군요. 우리가 알고 있는 대로라면 당신은 맹에 있어야 할 텐데…….]

[탈퇴했소.]

[점입가경이네요. 그것도 사정이 있는 건가요?]

[그렇소.]

서아현은 복잡한 표정이었다.

하기야 애초 목적은 보다 가까운 자리에서 흑도 무리의 대화를 엿들으려는 것이었을 텐데, 의외의 인연을 만난 형국이니.

현월은 입을 여는 동시에 전음을 보냈다.

"그러는 너야말로, 요즘도 이불에 지도나 그리는 건 아니겠지?"

[당신들, 감시를 하려면 좀 그럴싸하게 하는 편이 낫지 않겠소?]

"지… 지도를 그리다니? 그게 무슨 소리야?"

[무슨 뜻이죠?]

"너 잠잘 때 자주 지리고는 했잖아. 그래서 별명도 오줌싸개였고."

[저들에게 들켰다는 소리요. 이미 대화 내용만 들어봐도 대강 알 수 있을 텐데?]

"……"

서아현은 낭패한 표정을 지었다.

모르는 사람이 본다면 숨기고픈 옛 별명이 들춰진 탓에 낙심한 것으로 보일 터였다.

물론 그녀가 그 표정을 짓는 이유는 따로 있었지만.

[정말 저들이 우리의 정체를 알았다는 건가요?]

[대화를 보면 모르겠소? 일부러 자신들에게 별 정보가 없다는 걸 보이고 있잖소.]

[대체 어떻게…….]

현월은 서아현의 낭패감을 이해할 수 있었다.

복색엔 문제가 없다.

어느 누가 보더라도 무림맹 소속임을 떠올릴 수는 없을 것이다.

요인 감시와 정보 수집에 특화된 통천각 요원이니 변장과 연기는 완벽했다.

다만 암살자만이 느낄 수 있는, 무림맹도 특유의 기도만큼은 어쩔 수 없었다.

그리고 흑도 무리 중 중년인은 상당한 실력의 암살자.

필경 서아현 일행의 정체를 간파한 자도 그일 터였다.

그새 식사를 마친 흑도 무리는 자연스럽게 자리에서 일어나고 있었다.

정보가 될 만한 얘기라고는 한마디도 뱉지 않은 채였다.

서아현과 통천각 요원들로선 완벽하게 농락당한 셈이다.

청의의 중년인이 서아현과 현월을 힐끔 보았다.

그의 입에 아주 희미한 미소가 찰나 동안 맺혔다가 사라졌다.

'완전히 가지고 놀았군.'

현월은 피식 웃었다.

서아현은 입술을 깨물면서도 흑도 무리를 뒤쫓진 못했다.

뒤쫓는다 하더라도 별 성과는 없을 테고.

그들이 완전히 떠나자, 그녀는 심각한 얼굴로 현월을 돌아봤다.

"당신은 대체 그걸 어떻게 알았죠?"

"나름대로의 요령으로."

"우리가 수집한 정보와는 매우 다르군요. 그런 대단한 요령도 지니고 있고."

"그게 무림이니까."

아리송하면서도 명확한 답이다.

그것이 무림. 무림에선 어떤 일이든 벌어질 수 있는 것이다.

이번엔 현월이 질문했다.

"그보다, 통천각 요원들이 여기엔 무슨 일이지?"

"말할 의무가 내게 있을 것 같나요?"

"현검문과 관련된 일일 테니 내가 들을 이유는 충분하다고 보는데."

이번에도 정곡을 찌른 대답이었다.

애초에 이들이 여기에 파견된 이유는 현검문과 떼려야 뗄 수 없을 터이니.

서아현의 눈동자가 미세하게 흔들렸다.

내심 고민하는 눈치였다.

그때 그녀의 동료들이 아래층으로 내려왔다.

그들은 현월에게 시선도 주지 않은 채 서아현에게 말했다.

"우선은 복귀하자. 아무래도 저자들에게선 아무것도 얻을 수 없을 것 같다."

현월은 쓴웃음을 지었다.

이것이야말로 저들이 원하는 반응이었으리라.

서아현은 고개를 저었다.

"아냐. 뭔가를 숨기고 있는 것 같아."

"그랬더라면 저렇게 한가로이 있지도 않았겠지. 어떤 소리를 지껄이는지는 너도 들었을 것 아냐?"

"그게 기만책이라면?"

"그건 또 무슨 소리야?"

"나도 확실히는 모르겠어. 하지만……"

서아현은 현월을 힐끔 보았다.

하지만 현월은 그녀를 무시한 채 김이 나는 농어 찜을 해체하고 있었다.

[이러기예요?]

[나 역시, 그쪽에게 협력할 의무가 있는 것은 아니니까.]

할 수 없다는 듯 그녀는 동료들을 돌아봤다.

"우선 먼저들 복귀해. 난 잠깐 남아서 조사할 게 있으니까."

"그게 무슨 소리야? 군사께서 단독 행동은 지양하라 하셨잖아."

순간 현월의 두 눈에서 시린 불꽃이 번뜩였다.

그러나 그것은 일순간일 뿐, 불꽃은 이내 갈무리되어 침착한 눈동자 아래로 사라졌다.

음식에 정신이 팔려 있는 담예소도, 대화 중인 서아현과 그녀의 동료도 그 불꽃을 보진 못했다.

"약속한 시간까지는 돌아갈게. 응? 너무 걱정하지 않아도 돼. 내 실력 알잖아?"

"그렇기는 한데… 알았어. 일단은 그렇게 알아두지. 어쨌든 제 시각까진 꼭 돌아오도록 해."

"응. 걱정하지 마."

통천각 요원들이 객잔을 떠났다. 그것을 확인한 서아현이 현월을 돌아봤다.

"자, 그럼 제대로 좀 얘기해 볼까요?"

*   *   *

식사를 마친 현월은 객잔을 나섰다.

빵빵해진 배를 두드리며 담예소가 뒤를 따랐다.

그리고 그 뒤에는 서아현이 있었다.

"이봐요, 갑자기 이러기예요? 잘만 말하다가 왜 입을 다무는 거예요?"

"……."

현월이 가볍게 무시해 버리자 서아현은 골이 났다.

그녀는 홱 고개를 돌려 담예소에게 물었다.

"너희 오빠, 원래 저렇게 변덕스러운 사람이니?"

"글쎄요. 그건 잘 모르겠어요."

"잘 모르겠다니? 그건 또 무슨 뜻이야?"

"음. 그러니까… 오라버니랑 저는 오늘 만난 사이라서요."

"뭐?"

서아현은 멍한 얼굴로 담예소를 보았다.

"현검문의 현유린, 아니야?"

"아뇨. 전 담예소라고 해요."

"하아?"

그녀는 더욱 이해할 수 없다는 얼굴로 현월을 쳐다봤다.

현월은 오두막으로 돌아왔다.

서아현은 그곳까지 현월을 따라왔다.

그녀로서는 현월의 입을 여는 것이 최선이라고 판단한 모양이었다.

그녀는 현월의 앞에 뻗대 서서는 말했다.

"꼭 얘기를 들어야겠어요. 대체 당신이 어디까지 알고 있는지! 보아하니 여남의 흑도에 대해서도 잘 알고 있는 것 같은데, 대체 어디서부터 어디까지 알고 있는 거죠?"

현월은 담예소에게 시선을 보냈다.

멀리 떨어져 있으라는 의미.

담예소는 그것을 읽고는 멀찌감치 떨어졌다.

그걸 확인한 다음에야 현월이 입을 열었다.

"그전에 먼저."

"뭐죠?"

"당신들은 통천각주의 명령을 받고 온 게 아닌 것 같던데."

"명령을 내리신 분은 각주님이세요."

"통천각주에게 명령한 이가 따로 있다는 뜻이군."

"그래요."

현월은 잠시 생각하다가 물었다.

"유설태가 왜 당신들을 여기로 보낸 거지?"

"감히 군사님의 이름을……!"

발끈하려던 서아현이 흠칫했다.

자신을 바라보는 현월의 시선이 너무나 싸늘했기 때문이다.

아니, 그냥 싸늘하기만 한 것이 아니다.

숫제 짐승의 눈이었다.

그저 바라보는 것만으로 사지를 옭아매는 듯한 시선이었다.

'거짓말!'

그녀는 통천각에서도 수위에 꼽히는 요원이다.

갖가지 상황에 대처하기 위한 특별 훈련을 수료했고, 그 과정에서 우수한 성적을 거두었다.

그런데 고작 이깟 시선에 몸이 딱딱하게 굳어버리다니?

팔다리가 부러진 채 범 앞에 놓인 사슴의 신세가 이러할까.

그녀는 부들거리는 몸을 애써 가누며 이를 악물었다.

'이자는 대체 누구지?'

현월. 그에 대한 사료는 이미 통천각 내에 완비되어 있었다.

대략적인 무공 수위와 가족 관계, 성격과 그에 얽힌 일화까지.

사료를 통해 그녀가 알고 있는 현월은 유약하며 성정이 부드러운 사내였다.

다만 무공 수위는 별 볼 일 없는 수준으로, 가전무공인 현화무량공을 소화하지 못하는 것으로 알려져 있었다.

그러나 눈앞의 사내는 그런 기록과는 닮은 구석이 전혀 없었다.

서아현을 노려보던 현월이 말했다.

"유설태는 왜 너희를 이곳에 파견했지?"

"그, 그걸 내가 말할 리가……."

"말하지 않으면 넌 죽는다."

무기 하나 들지 않고서 침착한 어조로 내뱉는 말.

그 한마디가 비수가 되어 서아현의 심장에 박히는 기분이었다.

이십 년의 세월이 현월에게 선물한 정제된 살기.

거기에 암천비류공을 다시 익힘으로써 생겨난 기세가 더해져 상승 작용을 낳고 있었다.

물론 암제로 불리던 시절에 비하면 아직 턱없이 부족했으나, 서아현 정도의 상대를 압박하기엔 충분했다.

"대답해라."

현월의 촉구에 서아현이 더듬더듬 말을 뱉었다.

"녹림도와… 여남 흑도 무림의 관계를 파악하라고… 그게 우리에게 하달된 명령이었어요."

"목적은 뭐지?"

"모, 몰라요. 우리 같은 말단이 높은 분들의 생각을 알 리 없잖아요?"

현월은 침묵했다.

분명한 것은 유설태가 현검문이 멸망하리란 것을 이미 알고 있다는 점이다.

'그러고도 뻔뻔하게 내 앞에 나타나 나를 거두었던 것인가?'

현월은 이를 악물었다. 안 그래도 사위를 잠식하던 살기의 농도가 한층 짙어졌다.

"헉… 허억."

서아현의 숨소리가 눈에 띄게 가빠졌다.

그것을 확인한 현월이 살기를 거두었다.

그녀는 자리에 주저앉은 채 한참 동안 헐떡였다.

현월은 말없이 그 모습을 지켜봤다.

겨우 숨을 고른 서아현이 현월을 두려운 듯 쳐다봤다.

"당신… 대체 누구죠?"

비록 무공 수위가 높지 않은 통천각 요원이라 하나, 살기만으로 숨통을 조인다는 건 아무나 할 수 있는 일이 아니다.

그녀가, 무림맹이 알고 있는 현검문의 현월로서는 결코 불가능한 일이다.

"내가 누군지 알아야 할 사람은 그쪽이 아니야."

"그게 무슨 뜻이죠?"

"알 필요 없소."

현월이 손을 뻗어 서아현의 관자놀이를 짚었다.

그 순간 그녀는 힘을 잃고는 그대로 혼절했다.

담예소가 쭈뼛거리며 다가와 물었다.

"그 언니, 죽일 건가요?"

"아니. 쓸데없는 살생을 할 생각은 없다."

"하지만 오라버니에 대해 알고 있잖아요?"

서아현은 통천각의 요원.

그런 그녀가 현월에 대한 정보를 무림맹에 전달한다면 필시 큰 문제가 될 것이다.

그 피해가 현검문에까지 미치리라는 것은 자명한 사실.

담예소가 그것까지 내다본 것은 아닐 터였다.

다만 현월이 정체를 함부로 퍼트리고 다닐 입장이 아니란 것을 짐작했을 터.

하지만 현월은 담담히 말했다.

"괜찮다. 다 방법이 있으니까."

7장

저수지의 회동

서아현을 오두막에 눕혀 두고서, 현월은 그녀를 담예소에
게 맡긴 채 거리로 나왔다.

해는 뉘엿뉘엿 서산으로 떨어져 이제 거리에는 완연한 어
둠이 내리깔리고 있었다.

'은호패라고 했던가?'

여남의 흑도들을 상징하는 호패.

그것을 드러내 놓고 다닐 자라면 필경 보통 지위는 아닐 터
였다.

'그놈들이 산적과 관련 있다는 것은 분명해 보인다.'

생각해 보면 여남 내에 이미 녹림도가 들어와 있다는 건, 내부에서 그들을 들여보내 준 조력자가 있다는 의미였다.

그리고 그 정체는 아마 여남의 흑도 방파들일 터.

그렇다면 그냥 내버려 둘 순 없는 일이다.

현월은 훌쩍 몸을 날려 지붕 위로 올랐다.

"……."

어둑해지는 여남의 전경. 골목 어귀부터 시커먼 그림자가 짙게 내리깔리고 있었다.

사냥의 밤이 돌아왔다.

현월은 몸에 기운이 충만해지는 것을 느끼며 전율했다.

암천비류공은 그 자체로도 절세의 무공이었지만, 그중에서도 최고의 공능을 꼽으라면 아마 이것일 터였다.

암흑동화지체(暗黑同和之體).

어둠은 현월의 육체적인 능력은 물론, 회복력과 감지력, 순발력을 비롯한 생체적인 능력 전반을 강화시킨다.

또한 따로 운기조식을 하지 않아도 내력이 차츰 회복되는 효용까지 있었다.

이런 까닭에 현월의 전투력은 그 시각이 낮이냐 밤이냐에 따라 현저한 차이를 보였다.

현월은 밤의 여남을 내달렸다.

무턱대고 아무 데나 들쑤실 생각은 아니었다.

그들의 정체가 흑도 방파인 이상, 대강 어느 곳에 있을지는 짐작이 되었다.

'여남의 암흑가.'

여남의 시장통.

평일이고 명절이고 시끌벅적하기 이를 데 없는 그곳에서, 몇 개의 골목길을 헤집고 들어가면 암시장과 도박장을 비롯한 암흑가가 나온다.

흑도 방파들에 의해 운영되는 곳이다.

현월은 그러한 암흑가의 건물 위를 내달리는 중이었다.

"……."

바로 아래엔 야바위판을 벌이거나 술판을 벌이는 사내들이 즐비했다.

거나하게 달아오른 취객 사이로 소매치기나 날치기꾼들이 눈을 빛내며 먹잇감을 찾아 헤맸다.

현월은 그들을 무시했다.

지금 그의 목적은 오로지 하나뿐이었다.

'은호패를 소지한 자.'

생각보다 그런 자는 많지 않았다.

하기야 흑도 방파의 고위층쯤 되는 자가 토사물과 술 냄새로 범벅이 된 거리를 아무렇게나 쏘다니진 않을 터였다.

'그렇다면 어디를 찾아보는 게 좋을까?

잠시 고민하던 현월의 머릿속에 한 가지 생각이 스쳤다.

'저수지!'

여남의 동쪽으로는 거대한 저수지가 있었다.

다만 그 본래 목적보다는 다른 용도로 더욱 유명한 곳이었다.

'밀수와 암거래.'

여느 호수 못지않게 거대한 저수지인 만큼, 관부에서도 그 전부를 감시할 수가 없다.

배 몇 척 띄우고 나가 거래를 하기엔 안성맞춤이었다.

그곳을 떠올리자마자 현월은 신형에 속도를 붙였다.

물증은 없었지만 어쩐지 서둘러야 할 것 같은 기분이었다.

얼마간 달리고 나니 진득한 안개가 몸을 휘감고 들어왔다.

어둠에 더해진 안개.

그렇게 되고 나니 어지간한 고수라도 삼 보 이상의 시야를 확보하기 어려울 지경이었다.

그래도 현월에겐 해가 높이 뜬 허허벌판과 다를 것이 없었다.

한창 내달린 현월의 앞으로 부두가 나타났다.

대도시인 여남의 부두답게 당장 정박되어 있는 배만 수십 척에 이르렀다.

그 모두를 면밀히 살펴보다간 날밤을 샐 것이 분명했다.

'어쩐다?'

현월이 잠시 생각하고 있을 때였다.

끼리리릭.

신경질적인 소음. 묵직한 물체가 땅에 끌리는 소리였다.

현월은 곧장 그쪽으로 신형을 날렸고, 얼마 지나지 않아 차가운 미소를 지을 수 있었다.

흑색 무복의 장한, 매화가 수놓아진 백의를 입고 있는 여인.

그리고 청색 도복의 중년인이 그곳에 있었다.

일련의 일꾼들이 그들을 따라 무언가를 옮기고 있었다.

한쪽 귀퉁이가 땅에 닿아 꺼림칙한 마찰음을 내고 있는 그것은 거대한 궤짝이었다.

'암거래를 하려는 건가?'

궤짝은 비어 있었다.

그럼에도 귀퉁이 하나가 땅에 끌릴 정도로 무거웠다.

하기야 그 크기를 볼작시면 엄청난 무게인 것이 절로 이해됐다.

일꾼들은 이내 궤짝을 배에 실었다.

네댓 명이 타고 나면 꽉 찰 듯한 아담한 조각배였다.

세 흑도는 그 배 위에 훌쩍 올랐다.

장한의 체적에 궤짝의 부피까지 더해져, 사람 셋만 탔는데도 꽉 찬 느낌이었다.

현월은 청각에 집중했다.

안개 너머로 그들의 목소리가 언뜻 들려왔다.

"그런데 노는 누가 젓습니까?"

"뻔한 걸 묻는구나."

"제가요?"

"네가 아니면? 이 가냘픈 몸으로 내가 저으리? 아니면 다 늙은 장 노괴한테 시킬까?"

"장 노괴 정도면 그렇게 늙은 건 아니잖수? 그리고 누님쯤 되는 실력자면 노 젓는 데 힘들일 것도 없을 텐데."

"시키면 좀 시키는 대로 해! 화나게 하지 말고. 내가 저으라고 하면 저으란 말이야! 알겠어?"

"예에."

흑의 장한이 백의 여인에게 핀잔을 듣고는 큼직한 노를 들어올렸다.

청의 중년인은 그 와중에도 말 한마디 없이 부두 쪽을 응시하고 있었다.

'나를 감지했을까?'

애매했다. 암제로 불리던 시기의 현월이라면 결코 들키지 않았으리라 확신했겠지만, 지금은 그때에 비해 확연히 부족했다.

더군다나 중년인의 실력도 보통은 아닌 듯했다.

그때 중년인이 말없이 몸을 일으켰다.

그것을 본 백의 여인이 미간을 찡그렸다.

"뭐죠, 장 노괴?"

"너희 둘만 가라."

"갑자기 무슨 소리예요?"

"쥐새끼를 청소하고 따라가지."

흑의 거한과 백의 여인의 얼굴이 딱딱하게 굳었다.

"미행이? 하지만 대체 어디에서 누가? 무림맹 머저리들은 속여 넘겼을 텐데요."

"어떤 놈이 됐든 뭔 상관이우? 내가 당장 도륙을 내놓겠수."

중년인이 손을 들어 저수지를 가리켰다.

"가라고 했다."

"하지만 장 노괴……."

"비산표(飛散鏢)에 휘말리고 싶나?"

여인도 장한도 그 한마디에 입을 닫았다.

"……알겠어요. 우리끼리 가도록 하자."

"누님, 하지만……."

"장 노괴에게 맡겨. 그가 당해내지 못할 자라면 너 역시 당해낼 수 없어. 알고 있겠지?"

장한은 자존심이 크게 상한 표정이었음에도 그 말에 반박하지 못했다.

"알겠수."

두 사람이 탄 배가 부두를 떠났다.

중년인은 그들이 안개에 가려져 보이지 않게 된 후에야 고개를 돌려 소리쳤다.

"나와라, 애송이."

현월은 피식 웃었다.

애송이로 불리는 게 대체 얼마 만이던가.

더불어 자신의 은신을 간파한 적을 만난 것 역시 실로 오랜만이었다.

물론 그만큼 현월이 약해진 탓이 크겠지만 말이다.

현월은 안개를 헤치고 나가 중년인의 앞에 섰다.

두 사람 사이의 거리는 칠 장이 채 안 됐다.

중년인의 눈이 이채를 발했다.

"오늘 낮에 보았던 어린놈이군. 네놈도 무림맹의 끄나풀이었던가?"

"이곳에서 무슨 거래를 하려는 거지? 거래 상대는 역시 녹림도 놈들인가?"

"건방지기 짝이 없는 놈이로구나. 노부의 질문에 대답이나 하거라."

"할 이유가 없고, 할 생각도 없다."

중년인의 눈매가 꿈틀거렸다.

"죽음을 자처하는군. 이 장죽전 앞에서 기고만장한 놈 치고 제 명에 죽은 놈이 없지."

"저 둘은 녹림도를 만나러 간 건가?"

중년인, 장죽전의 이마에 힘줄이 돋았다.

의도한 건지 뭔지는 몰라도, 애송이는 아까부터 장죽전의 심기를 살살 긁고 있었다.

"죽고 싶어 환장을 했구나."

팟!

장죽전의 우수가 허공을 때렸다.

그 순간 그의 손아귀에서 번뜩이는 무언가가 현월을 노리고 날아들었다.

현월은 장검을 뽑아 투사체를 후려쳤다. 그 순간 투사체가 깨어져서는 사방으로 흩어졌다.

'깨지는 표창?'

오른쪽 허벅지와 왼쪽 어깨에서 불에 덴 듯한 통증이 느껴졌다.

필시 깨어진 표창 조각들이 틀어박힌 것이리라.

작은 충격으로도 쉽게 깨져서 산산이 흩어지는 날붙이.

아마 본래 작은 날붙이 여럿을 한데 이어놓은 모양이었다.

'제법 머리를 썼는데.'

그 순간 장죽전이 전방으로 신형을 날렸다.

칠 장의 거리를 한순간 좁히며 그의 좌수가 현월의 목젖을 노리고 날아들었다.

그것을 피하려던 현월은 눈앞이 빙그르르 도는 것을 느꼈다.

'독?'

하기야 단순히 깨어지는 표창만으로는 부족할 터, 뒤따르는 한 방이 더 없다면 살수로서 실격이라 해야 할 것이다.

칼날로 살을 헤집고 독으로 해치운다. 암살의 기본 중 기본이라 할 수 있었다.

현월은 정신을 바로잡고 장검을 내리꽂았다.

"흐읍!"

전신의 경력이 한껏 실린 검극이 땅바닥에 내리꽂히는 순간, 묵직한 충격파가 안개를 휩쓸며 사방으로 몰아쳤다.

쿠우우우!

달려들던 장죽전의 몸이 충격파에 밀려났다.

그 와중에도 그는 침착하게 비산표를 연달아 날렸다.

현월은 월령보를 펼쳐 비산표의 사정권을 벗어났다.

안개에 가려지는 현월의 신형을 보며 장죽전은 조소를 지었다.

"홍! 네놈에게 틀어박힌 비산표엔 사혈독이 잔뜩 발라져 있다. 시간을 끌어봐야 고통만 가중될 뿐, 이미 네놈은 죽은 것이나 마찬가지다!"

그 순간 안개 너머로부터 은색 섬광이 번뜩였다. 이윽고 장죽전에게 날아드는 것은 비산표였다.

현월은 월령보를 펼치는 와중, 쇄도하는 비산표 중 하나를 잡아서 되던진 것이다.

"큭!"

당황한 장죽전이 쌍장을 뻗어 허공을 격했다.

두터운 기의 장벽이 생겨나며 비산표를 그대로 날려 버렸다.

이는 현월이 펼쳤던 충격파와 거의 비슷한 경지라 할 수 있었다.

효율적인 살행을 위해 비산표를 애용하긴 했으나 본디 그는 상당한 경지의 권법가였다.

현월이 안개를 뚫고 나와 장죽전에게 쇄도했다.

장죽전은 비산표를 던지려 했으나 이미 현월이 너무 가까이 와 있었다.

할 수 없이 권으로 맞섰다.

현월이 왼발을 축으로 몸을 돌려 장죽전의 정강이를 베어 들어갔다.

장죽전은 몸을 띄우고서 천근추를 응용, 그대로 현월의 정수리로 발꿈치를 내리꽂았다.

그것을 본 현월이 다시금 월령보를 펼쳐 거리를 벌렸다.

쾅!

애꿎은 땅바닥만 박살이 났다.

장죽전은 사방으로 흩어진 돌무더기를 가리켰다.

"네놈의 두개골도 저 꼴이 될 것이다."

그쪽을 본 현월이 혼잣말로 중얼거렸다.

"약해졌구나."

"뭐라고?"

"내 자신. 예전이라면 이렇게까지 꼴불견을 보이진 않았을 텐데. 이제는 고작 이 정도의 상대에게 고전하는군."

장죽전이 이를 갈았다.

"고작 이 정도의 상대라고? 그 말은 노부를 가리키는 것이렷다?"

현월은 심호흡을 했다.

장죽전의 호언장담과 달리 체내의 독기는 대부분 해독된 상태였다.

암천비류공의 자정 작용으로 인해 밤의 어둠 속으로 대부분 빠져 나간 것이다.

비산표로 인한 상처도 대부분 치유되어 있었다.

짧은 시간 동안임을 감안한다면 실로 놀라운 회복력이었다.

다시 말해 낮에 대치했더라면 현월은 벌써 죽어 나자빠져 있으리란 의미였다.

물론 애초부터 그것을 감안하고서 밤을 택한 것이니 구태여 한심함을 느낄 필요가 없긴 했다.

"대답해라!"

장죽전이 일갈을 토했다.

이런 경우는 난생처음이었다.

대호조차 반나절 안에 확실히 죽일 수 있다는 절독이 바로 사혈독이다.

그런데 놈은 사혈독에 당하고도 지금까지 쌩쌩했다.

정말 의아한 건 따로 있었다.

언뜻언뜻 공방을 나누며 체감한 놈의 무공은 결코 정파 무림의 것이 아니었다.

결국 생각할 수 있는 건 흑도의 무공이라는 건데, 이 정도 경지의 젊은 고수가 여남에 있다는 소리는 들어본 적이 없었다.

"네놈은 대체 누구냐? 누가 사주했기에 우리의 뒤를 밟은 거지? 설마 통천각의 얼간이들이 그랬을 리는 없을 터! 네놈의 배후를 불어라!"

현월은 장죽전의 외침을 한 귀로 듣고 한 귀로 흘렸다.

쓸데없이 자신의 정보를 가르쳐 주는 바보짓을 할 이유 따위 없었다.

아마 그것은 장죽전 역시 마찬가지일 것이다.

'놈에게 정보를 얻어낼 순 없을 것이다. 그렇다면 택할 길은 하나뿐.'

최대한 빨리 해치우고 조각배를 쫓는다.

현월은 전신의 내력을 모두 끌어올렸다.

본디 단전의 크기가 아직 작은 만큼 최대한 내력을 조절해 싸웠지만, 그렇게 해서는 끝이 안 날 듯싶었다.

전력을 동원한 현월이 걸음을 내딛었다.

순간 그의 신형이 장죽전의 눈앞에서 사라졌다.

"뭣······!"

전신의 내력을 쏟아부은 월령보. 현월은 다음 순간 장죽전의 등 뒤에 있었다.

그때까지도 장죽전은 현월이 있던 자리를 멍하니 보고 있었다.

'사람을 죽이는 데 태산을 부술 힘 따위는 필요하지 않다.'

현월은 검봉을 비스듬히 쥐고는 장죽전의 우측 갈빗대 사이로 검극을 밀어 넣었다.

스르르륵.

뼈와 뼈 사이의 부드러운 부분.

수십 년에 걸친 단련으로도 강화할 수 없으며, 강맹한 근육으로도 미처 가릴 수 없는 한 치의 공간.

호신강기라도 펼친다면 모를까, 완전히 보호하는 것은 불가능한 지점이었다.

칼날은 그 위치를 정확히 비집고 들어가서는 장죽전의 심장을 꿰뚫었다.

"……?"

장죽전은 그제야 갈빗대를 비집고 들어온 칼날을 보았다.

"넌… 대체…….."

미약해지는 목소리 뒤로 꼬르륵 하는 소리가 이어졌다.

피거품을 한가득 문 채 장죽전의 생명이 끊어졌다.

현월은 그의 몸을 뒤져 몇 자루의 비산표를 찾아냈다.

적의 무기라지만 꽤나 유용하게 쓸 수 있을 듯했다.

혹시나 서류나 서신 같은 게 있을까 싶어 몸 곳곳을 뒤졌지만 그런 것은 없었다.

"그러면……."

현월은 곧장 저수지로 뛰어들었다.

자그만 파문이 저수지 중앙을 향해 이어졌다.

*　　　*　　　*

현월이 내다본 상황은 거의 정확했다.

녹림맹은 현검문을 오롯이 칠 수 있기를 원했고, 그를 위해선 여남 관부의 암묵적인 동조가 필요했다.

그래서 그들은 여남의 흑도 방파에 손을 뻗었다.

뇌물을 써서 그들을 구워삶고자 한 것이다.

이는 흑도 무림에 있어서도 나쁘지 않은 제안이었다.

그들이야 굿도 보고 떡도 먹으면 되는 일이었던 것이다.

무림맹의 시선이 여남을 주시한다는 게 껄끄럽긴 했지만, 녹림맹이 약조한 막대한 금은보화는 그런 위험을 감수하기에 충분했다.

<u>스스스스</u>.

안개를 헤치고 나가던 조각배가 멈추었다.

여인이 장한에게 신호를 보냈던 것이다.

"여기요, 누님?"

"넌 보고도 몰라?"

"주변이 온통 안개뿐이거늘, 여기에 뭐 보일 게 있단 말이우?"

쯧 하고 혀를 찬 여인이 허리춤의 장검을 뽑았다.

장검의 칼날이 유려한 궤적을 그리며 허공을 한 바퀴 돌았다.

화아악.

안개가 주변으로 밀려나며 조각배와 얼마 떨어지지 않은 곳에서 커다란 범선이 모습을 드러냈다.

범선의 뱃머리엔 험상궂은 사내 몇이 서 있었다.

녹림맹의 산적이었다.

여인은 칼을 꽂고서 말했다.

"사룡방의 유화란이에요."

"설추육이외다."

"녹림맹 서열 오 위의 거물이 납셨군요. 그런데 얼굴이 왜 그 모양이죠?"

설추육의 얼굴엔 시퍼런 멍 자국이 가득했다.

누가 봐도 늘씬하게 얻어터졌으리라는 걸 알 수 있을 정도였다.

설추육은 팅팅 불어 터진 볼에다 계란을 문지르며 투덜거렸다.

"묻지 마시오. 생각할수록 열만 받으니. 개떡 같은 매화자 놈들을 모조리 쳐 죽이든가 해야지."

"……?"

유화란은 고개를 갸웃거렸지만 이내 관심을 끊었다.

그녀의 목적은 어디까지나 거래에 있었기에.

"재물은 준비되었나요?"

"그전에, 협의서부터 확인합시다."

유화란이 혹의 장한에게 눈짓을 했다.

장한은 품속에서 두루마리 하나를 꺼내어 그녀에게 내밀었다.

"여기 있어요."

"내용과 날인을 확인해야겠소. 이리로 올라오시오."

"그전에 재물부터."

"그 아래에 있어선 잘 보이지 않을 거 아니오?"

"몇 개만 들어서 보여줘요."

설추육은 구시렁거리면서도 보석 하나를 들어올렸다.

그것을 확인한 유화란이 혹의 장한에게만 들리게끔 속삭였다.

"내가 시야에서 사라진 후 일각이 지나거나, 저들에게 공격받는다면 곧장 뱃머리를 돌려 달아나."

"산적 놈들이 설마 그러기야 하겠수?"

"세상에 믿을 자는 아무도 없어."

그 말을 끝으로 유화란이 몸을 날렸다.

그녀는 이 장은 족히 되는 높이의 뱃전을 가볍게 넘어 반대편에 안착했다.

과연 설추육의 옆으로는 큼직한 주머니가 있었다.

살짝 벌려진 주둥이 사이로 금전과 보석들이 번쩍거렸다.

유화란은 두루마리를 내밀었다.

"확인해 보세요."

"흠."

설추육은 뒤를 향해 손짓을 했다.

이윽고 땅딸막한 노인 하나가 걸어와서는 두루마리를 펼치고 그 내용을 살폈다.

산적들에게 납치당한 장인 중 하나임이 분명했다.

"여남 관부의 날인이 확실합니다."

"흐흐, 그렇군."

설추육이 손을 들어올렸다.

그 순간 돛대와 측면 뱃전에서부터 시위를 퉁기는 소리가 요란하게 울렸다.

파파파파팟!

수십 발의 화살이 허공을 날았다.

그 궤적의 끝에는 흑의 장한과 조각배가 있었다.

"크아악!"

외마디 비명과 함께 첨벙 하는 소리가 울렸다.

"이게 무슨 짓이야!"

유화란이 검을 뽑으며 일갈했다.

"미친 산적 놈들, 감히 여남의 암흑가를 건드리고도 무사할 거라 생각해?"

"클클클. 물론 자신이 있으니 이런 일을 벌이는 것 아니겠나? 어쨌든 이 협의서가 있는 한, 관아에선 함부로 나서지 못하겠지. 자칫하면 자기들의 부패가 발각될 테니 말이야. 뭐, 속이야 좀 부글부글 끓겠지만 어쩌겠누?"

"미쳤군. 일개 산적 무리 주제에 여남의 흑도 전체와 맞서겠다는 거야?"

"상관없다. 뒷배를 봐주는 든든한 자들이 있으니까."

"뭐라고?"

유화란은 이를 악물었다.

놈들이 미치지 않는 한 이런 짓을 벌일 리가 없다.

다시 말해 설추육의 말이 사실이란 뜻이었다.

그리고 여남의 흑도를 압도하면서 녹림도들을 배후에서 지배할 만한 세력은 하나뿐이었다.

'무림맹!'

항시 정의니 협의니 하는 것을 지껄이면서, 뒤에서는 그 누구보다 더러운 암수를 펼치는 자들.

그녀를 흑도의 길로 빠지게 한 자들이기도 했다.

화살을 날렸던 녹림도들이 박도와 장창을 움켜쥐고는 우르르 몰려들었다.

유화란은 삽시간에 포위되어 버렸다.

"죽이진 마라. 즐길 거리가 많아 보이는 계집이니."

설추육이 입술을 혀로 핥으며 말했다. 그것을 보는 것만으로도 유화란은 소름이 돋았다.

"개자식. 죽을 땐 죽더라도 너만큼은 길동무로 삼겠어."

"좋을 대로 지껄여라. 네년이 죽을 자리는 여기가 아니지만 말이다. 제법 얼굴도 반반한데, 기왕 이렇게 된 거 사골까지 뽑아먹어야지 않겠누?"

"네놈……!"

"흐흐. 지금이라도 내게 안기겠다고 하면 험하게 다루지는 않으마."

"망할 자식!"

유화란이 바닥을 박차고 설추육에게 돌진했다.

"훙!"

설추육도 박도를 휘둘러 맞섰다.

차앙!

순수한 칼날끼리의 충돌. 설추육이 주춤거리며 물러났다.

"합!"

유하란은 외마디 기합성과 함께 연격을 펼쳤다.

물 흐르는 듯한 검격이 허공을 수놓자 설추육의 큼지막한 거구 곳곳에 가느다란 혈선이 그어졌다.

"이런 빌어먹을!"

욕설을 내뱉은 설추육이 오른 주먹으로 뱃전을 후려쳤다.

그 무지막지한 완력에 의해 배가 좌우로 요동을 쳤다.

"큭……!"

유화란이 자세를 낮추며 중심을 잡았다.

그사이 설추육은 쿵쿵거리면서도 용케 넘어지지 않고 돌진해 왔다.

비록 백자경에게 개처럼 두들겨 맞긴 했어도 서열 오 위의 자리가 거저 주어지진 않는다.

더군다나 설추육은 본디 수적 출신. 배 위는 그의 안방이나 다름없었다.

"으랴!"

설추육은 유화란의 복부를 향해 발을 내질렀다.

그녀가 가까스로 몸을 굴려 피했지만 그새 내뻗은 왼팔에 그만 발목을 붙들렸다.

묵직한 기합성과 함께 설추육이 왼팔을 크게 휘둘렀다.

무시무시한 완력에 의해 유화란의 몸이 허공으로 들려졌다.

"칫!"

그녀는 어지러운 와중에도 검을 뻗어 설추육의 팔뚝을 베었다.

화끈한 통증에 설추육이 손을 놓아 버렸고, 원심력에 의해 그녀의 몸은 그대로 내동댕이쳐졌다.

"쿨럭!"

내장이 상한 듯 기침을 하면서도 그녀는 몸을 일으켰다.

설추육의 얼굴에선 장난기가 완전히 사라진 뒤였다.

"해치워라!"

그의 일갈에 맞추어 장창을 쥔 산적들이 유화란을 향해 일시에 창날을 뻗었다.

원시적이나마 창진(槍陳)이 구축되었다.

위협적인 견제에 유화란은 뒤로 물러나며 검을 휘둘렀다.

몇 자루의 창날이 잘려 나가긴 했지만 그보다 많은 창날이 남아 있었다.

그중 몇 개가 그녀의 몸을 아슬아슬하게 스쳐갔다.

옷 곳곳이 붉은빛으로 물들기 시작했다.

찢기고 베여 나간 옷자락 사이로 그녀의 새하얀 살결이 드러났다.

매끈한 다리를 타고 흐른 핏방울이 발아래에 자그만 웅덩이를 만들고 있었다.

유화란은 거칠어진 호흡을 가다듬으며 병사들을 노려봤다.

설추육은 그런 그녀를 향해 저주에 가까운 욕설을 퍼부었다.

"우리 산적 놈들이 날 뭐라 부르는지 아냐? 미친개라고 부른다. 그런데 그 미친개를 때려잡는 진짜 미친 새끼가 있지. 그게 바로 우리 두목 설붕도 백자경이란 작자다."

"……."

"내가 어떻게 할 건지 아냐? 네년의 팔다리를 모조리 분질러서 그 미친 인간 앞에 갖다 바칠 거다. 혀 깨물고 뒈지지 못하게 혀를 자르든 재갈을 물리든 해서 말이야. 그때 가서는 차라리 나한테 안길걸 하고 후회하게 될 거다!"

설추육이 손을 들어올렸다.

후방의 산적들이 활을 집어 드는 게 보였다.

상황이 너무 좋지 않았다.

제대로 훈련받은 궁사가 아닌지라 명중률은 현저히 낮다지만, 그래도 숫자가 지나치게 많았다.

애초에 흑의 장한이 당한 것도 무지막지한 숫자 때문이 아니었던가.

빠져나갈 길은 보이지 않았다.

겨우 배를 탈출한다 해도 남은 것은 조각배 하나뿐.

거기에다 사방은 안개가 잔뜩 낀 한밤중의 저수지였다.

더군다나 상당한 출혈로 인해 벌써부터 눈앞이 어질어질했다.

체온도 상당히 뺏긴 탓에 얼굴도 하얗게 질려 있었다.

활로가 보이지 않는 상황.

'그렇다면 차라리.'

유화린은 설추육 하나만을 노려봤다.

동귀어진을 하겠다는 의미.

'실패한다면 혀를 깨무는 수밖에.'

산적들 따위에게 갖은 치욕과 능욕을 당하느니 차라리 죽는 게 나았다.

그녀가 그렇게 결심하고 있을 때였다.

툭. 투툭.

후방, 활을 집어든 산적들이 하나둘 고꾸라지는 것이 보였다.

마치 잠들 듯이 스르륵 무너지는 데다 주변을 점거한 안개 때문인지 환상을 보는 듯한 기분이었다.

하지만 유화란은 그게 환상이 아니라는 것을 잘 알고 있었다.

그녀는 눈물이 핑 도는 걸 느끼며 중얼거렸다.

"장 노괴……."

설추육도 뒤늦게 상황을 눈치챘다. 벌써 열 명 가까운 산적이 죽어 자빠진 뒤였다.

"어떤 놈이냐!"

대답 대신 은빛 섬광이 번뜩였다. 이윽고 날아드는 것은 날카로운 표창이었다.

"윽!"

당황한 설추육이 옆에 있던 수하를 내던졌다.

수하가 표창과 충돌하는 순간, 표창이 사방으로 비산하며 주변의 산적들까지 덮쳤다.

"이놈!"

설추육이 장창을 주워들어 내던졌다.

엄청난 완력에 주변의 안개가 한데 휩쓸려서는 흩어졌다.

콰악!

장창은 돛대에 박혀 부르르 떨었다.

그 옆에는 산적들을 학살한 장본인이 서 있었다.

흩어진 안개 사이로 보이는 그자는, 장죽전이 아니었다.

"누구냐, 네놈은! 대답해!"

"할 이유도 없고, 할 생각도 없다."

현월이 나직이 대꾸했다.

8장

복수의 일부분

녹림맹.

산적의 무리.

현검문을 멸망시키고 문도를 학살한 원수.

가족들을 앗아간 악적!

현월 주변의 안개가 파르르 떨렸다.

현월이 발한 살기와 기도가 영향을 준 것이다.

어둠 속에서 현월의 두 눈동자가 시린 빛을 토했다.

조금 전까지도 일갈을 뱉던 설추육이 움찔할 정도의 눈빛

이었다.

'대체 뭐냐, 저놈은?'

설추육은 힐끔 유화란을 돌아봤다.

그녀 역시 당황한 눈치였다.

'저 계집과 아는 사이는 아닌 것 같다. 그렇다면 대체……?'

한가로이 추리할 여유는 없었다.

그새 현월의 신형이 어둠 속으로 사라진 것이다.

아차 싶었던 설추육이 소리쳤다.

"놈이 도망치려 한다! 놓치지 마라!"

그의 생각은 틀렸다.

푸확!

얼마 떨어지지 않은 곳에서 피보라가 솟구쳤다.

산적 하나가 그대로 참수당해서는 철퍼덕 넘어졌다.

이윽고 그 주변의 산적들도 일검에 목이 찢기거나 심장이 꿰뚫렸다.

"창진을 펼쳐라!"

조금 전 유화란을 상대로 확실한 효력을 발휘했던 창진.

그러나 설추육의 외침과 달리, 산적들은 진을 펼치지 못하고 우왕좌왕했다.

현월은 흑의 장한이 죽던 시점부터 배에 숨어들어 있었다.

그 덕에 유화란의 일전을 볼 수 있었고, 산적들이 펼친 창진 역시 확인했다.

창진을 파훼하는 건 그것만으로도 충분했다.

모든 진법에는 기준이 되는 병사들이 있게 마련.

이른바 기준병이라 불리는 이들이다.

현월은 짧은 시간 동안 창진의 기준병들을 솎아냈고, 그들만을 노려 검격을 펼치고 있었다.

얼핏 마구잡이 학살로 보이는 전경은, 실제론 이런 계산을 배경에 둔 공격이었던 것이다.

기준병들이 전멸하자 창진은 펼쳐지기도 전에 와해되어 버렸다.

뒤늦게 그것을 깨달은 설추욱의 등허리로 식은땀이 흘렀다.

'설마 이쪽의 패를 미리 읽고서……?'

마치 산적들을 사냥하듯 휩쓸어 버리는 그 모습은 그가 아는 무언가를 닮아 있었다.

"네놈이로구나!"

설추욱이 기겁하여 소리쳤다.

"우리 산채를 전멸시킨 개자식! 그게 바로 네놈이었어!"

분명했다.

일말의 낭비도 담겨 있지 않은 검격, 한 번 본 것만으로 진을 파훼해 버리는 판단력, 상황을 가늠해 배후에서부터 습격을 시작하는 치밀함까지.

산채들을 전멸시킨 놈과 동일인이라고밖에 생각할 수 없었다.

그새 현월은 십여 명의 산적을 더 베어 넘겼다.

포위망은 어느새 열 걸음 이상 물러나 있었다.

아니, 이젠 포위망이라 부르기도 민망한 규모로 축소된 상황이었다.

"이 새끼……!"

설추육이 이를 부득부득 가는 사이 현월은 유화란의 앞에 가서 섰다.

유화란은 가물가물한 의식을 애써 유지하며 현월에게 물었다.

"당신은 누구죠? 장 노괴는 어디 있어요?"

"그는 죽었소."

유화란의 눈동자가 크게 흔들렸다.

"설마, 당신이?"

"그렇소."

"그런데 왜 나를 도우려는 거죠?"

"당신을 위해서가 아니오. 놈들과 해결해야 할 일이 있는 것뿐."

그렇게 말하면서도 현월은 품에서 무언가를 꺼내어 유화

란에게 건넸다.

자그만 붕대와 금창약이었다.

"그걸로 대강 지혈이라도 하시오."

"날 도우려는 게 아니라면서요?"

"마음대로 하시오. 쓰고 말고는 그쪽의 자유이니."

"……."

잠시 고민하던 유화란은 웃옷을 벗고서 몸 곳곳에 약을 바르기 시작했다.

제법 사내들의 시선을 끌 만한 장면임에도 그녀를 바라보는 이는 없었다.

음심보다도 강한 것이 적개심과 공포인 법이니.

현월은 그들의 시선 하나하나를 마주했다.

그 시선을 마주한 산적들의 몸이 바르르 떨렸다.

검으로 가르기 전에 살기로 압도한다.

기세가 꺾인 상태에선 어느 고수라 해도 본래의 전력을 고스란히 내기 힘든 법이었다.

하물며 산적들이라면야.

설추육도 그 사실을 깨닫고는 이를 갈았다.

'망할 자식!'

이렇게 된 이상, 살아 돌아간다 해도 백자경의 분노나 살터.

이번엔 정말 목이 달아날지도 모른다.

결국 여기서 끝을 내는 수밖에 없었다.

"네놈이 죽든 내가 죽든!"

설추육은 떨어져 있던 장창을 주워 냅다 던졌다.

간단히 피하려던 현월이 멈칫했다.

설추육이 노린 것은 그가 아니라 유화란이었다.

할 수 없이 장검을 뻗어 장창을 후려쳤다.

장창은 그대로 부러졌지만, 현월도 막대한 반동을 받아 장검을 놓쳤다.

'무시무시한 완력!'

내공이 심후한 것도, 요령이 좋은 것도 아니다.

그저 무지막지한 완력뿐!

그런데도 내력을 담아 받아친 현월의 손바닥이 찢어질 정도였다.

하기야 일격으로 범선을 흔들 정도의 힘이니, 그것이 고스란히 담긴 공격이 얼마나 강맹할지는 알 만한 일이었다.

현월이 비틀거리는 사이 코앞까지 근접한 설추육이 박도를 내던졌다.

이번엔 현월의 목을 노리고 날아들었다. 다행히 고개를 크게 젖혀 피할 수 있었다.

설추육이 노린 대로였다.

"으랴!"

자세를 한껏 낮춘 설추육이 현월의 겨드랑이 사이로 파고들었다.

그러고는 허리를 붙든 상태로 그대로 들어 올려 땅에 처박았다.

"......!"

현월은 찰나의 순간 몸을 한껏 비틀었다.

머리부터 박히려는 것을 겨우 피해 허리부터 바닥과 충돌했다.

그것만으로도 충격이 척추를 타고 올라 몸을 자르르 울렸다.

"크윽."

설추육은 현월의 복부를 냅다 걷어찼다.

무지막지한 힘에 갈빗대 몇 개가 부러지며 우드득 하는 소리를 냈다.

현월은 머릿속이 새하얘지는 기분이었다.

고통도 고통이거니와, 부러진 갈빗대가 폐를 짓눌러 호흡하기도 힘들었다.

'놈은 멈추지 않는다!'

과연 설추육은 다음 공격에 나서고 있었다.

그는 그대로 몸을 날려 팔꿈치로 현월의 명치를 찍으려

했다.

이대로는 죽는다는 생각이 머릿속을 엄습했다.

현월은 젖 먹던 힘까지 짜내어 손으로 땅을 후려쳤다.

콰앙!

바닥이 부서지며 나무 조각이 허공으로 튀어 올랐다.

그 반동으로 일어서는 동시에, 허공에 비산하는 나무 조각 중 하나를 쥐었다.

그것을 그대로 휘둘러 설추육의 왼쪽 눈에 꽂아 넣었다.

"크아아악!"

설추육이 눈을 움켜쥐며 비명을 토했다.

현월은 거기서 멈추지 않고 몸을 뒤집어 발을 내질렀다.

발바닥으로 나무 조각 끝을 밀어 차는 일격.

조각 반대편이 설추육의 머리에 거의 한 치 가까이 박혀 버렸다.

"커억, 어어억."

설추육이 하나 남은 눈을 까뒤집고서 주먹을 마구 휘둘렀다.

현월은 그 사정권에서 간단히 벗어난 채 산적들을 향해 내달렸다.

"크윽!"

"놈이 온다!"

"누, 누가 좀 막아봐!"

기세가 한풀 꺾여 있는 목소리.

창진도 파훼된 데다 우두머리인 설추육까지 박살이 났으니 그럴 만도 했다.

현월은 삼 장 거리에서 멈추고는 그들을 노려봤다.

살기에 압도당한 산적들이 바르르 몸을 떨었다.

"이 배에서 꺼져라. 그러면 목숨만은 살려주지."

"히, 히익!"

겁에 질린 산적들이 너 나 할 것 없이 뱃전 밖으로 몸을 날렸다.

첨벙거리는 소리가 연신 안개 너머로 들려왔다.

"끄으윽, 끅, 끄으으으."

설추육은 바닥에 고꾸라진 채 기묘한 신음성을 토하고 있었다.

하기야 뇌까지 헤집어졌을 테니, 이미 죽은 것과 다를 게 없으리라.

파악!

기다란 장검이 설추육의 머리에 내리꽂혔다.

설추육의 거구가 파르르 떨리더니 그대로 축 늘어졌다.

검을 뽑아 낸 유화란이 입술을 깨물었다.

"개자식. 이렇게 편히 죽어선 안 되는 거였는데."

씹어뱉듯 중얼거린 그녀가 현월을 돌아봤다.

"왜 산적들을 놓아준 거죠? 달아났다간 당신에 대한 정보만 알리게 될 텐데?"

현월은 고개를 저었다.

"놓아준 게 아니오. 저수지가 그들을 거둬가게 한 거지."

겨울이 다가오는 저수지의 수온은 삽시간에 체온을 앗아갈 터.

건장한 성인조차 일각을 채 버티지 못할 것이다.

결국 저들이 저수지에 뛰어든 것은 스스로 죽음을 택한 것이나 다름없었다.

현월도 그걸 알았기에 그냥 선심 쓰는 척을 한 것뿐이다.

도리어 산적들이 죽기 살기로 덤볐다면 중상을 입은 현월 입장에선 낭패였을지도 모른다.

유화란도 그 사실을 깨닫고는 고개를 끄덕였다.

"그렇군요. 어쨌든 고맙다는 말은 해야 할 것 같네요. 당신이 장 노괴를 죽였다는 게 조금 꺼림칙하긴 하지만."

"별로 친한 사이는 아니었나 보군."

"애초에 서로 다른 파벌 소속이었으니까요. 그런데 당신은 무림맹 소속?"

현월은 고개를 저었다.

"역시, 그럴 거라 생각했어요. 하긴 그 위선자들이라면 산적들을 이용하면 이용했지, 죽이려 들진 않았을 테죠. 그럼 어디 소속이죠?"

"굳이 말하자면, 현검문."

유화린의 표정이 살짝 굳었다.

"우리의 친구라고 하긴 어렵겠군요. 그렇다면 날 살려준 건……?"

"써먹을 데가 있을 것 같았소."

냉정한 대답에 유화란은 쓴웃음을 지었다.

"좋아요, 어쨌든 생명의 은인은 은인이니. 무엇을 원하죠?"

"몇 가지 묻고 싶은 게 있소만."

"내가 아는 한도 내에서라면 답해 드리죠."

잠시 생각하던 현월이 물었다.

"이번 사태에 있어, 여남의 흑도 무림은 완전한 중립이오?"

"지금까지는 그랬죠. 우리 입장에서야 강 건너 불구경을 하는 것과 진배없는 상황이니까요."

그건 그랬다.

흑도 무림이야 지금까지 그래왔던 것처럼 여남의 배후로만 존재하고 있으면 그만이었으니까.

그러나 그것은 미래를 모르기에 할 수 있는 말.

현월은 알고 있었다.

현검문이 무너진 이후, 중원 곳곳에서 여남으로 몰려든 정파 세력들에 의해 흑도 세력이 하나둘 숙청당해 갔다는 것을.

얄궂게도 그들이 그간 존재할 수 있었던 건 현검문 덕분이었던 것이다.

"하지만……."

유화란이 말을 이었다.

"이제부터는 아니에요. 오늘 일에 대해 방주님께 말씀드린다면 필시 가만히 계시진 않을 거예요."

"방주?"

"사룡방주, 제 스승 되는 분이시죠."

그러고 보니 현월도 어렴풋이 기억이 났다.

"여남의 밤하늘을 노니는 것은 용과 범, 그들은 황혼에서 새벽까지 여남을 지배한다."

"알고 계시는군요. 거기서 말하는 용이 바로 제 스승님이시죠."

"그렇다면 장죽전은?"

"은호방주의 수하였어요. 그가 죽었다는 얘길 들었다간 길길이 날뛸 테니, 이 일은 함구하는 편이 좋을 거예요."

"은호방이라면, 그 은호패와 관련이 있는 거요?"

"아, 이거요?"

유화란이 반쯤 쪼개진 은호패를 두드렸다.

"이것을 쓰기로 한 것도 은호방주의 생각이었죠. 덕분에 한동안 스승님께서 심통이 나 계셨죠."

현월은 턱을 쓰다듬었다.

'사룡방주……'

여남 흑도 무림을 양분하는 강자.

같은 편이라면 필경 도움이 될 테지만, 문제는 그를 믿을 수 없다는 점이었다.

'하지만 만나볼 필요는 있을지도.'

현월은 자신의 힘을 맹신하진 않았다.

지금으로썬 녹림도 무리 전부를 홀로 막을 수 없다는 것도 잘 알고 있었다.

한 가지 다행인 것은 유화란이 현월에게 호의적이란 점이었다.

물론 그것 역시 맹신할 수만은 없는 일이긴 했다.

"일단은 뭍으로 돌아갑시다. 타고 온 조각배는 고슴도치 꼴이 됐을 테니, 이 범선을 몰고 가야겠군."

"그래요. 그전에 항아의 시신을 수습해도 될까요?"

"항아라면 저 덩치 큰 사내 말이오?"

"네. 저와는 친남매 같은 사이였어요."

현월은 곧장 뱃머리로 향했다.

흑의 장한의 몸은 반쯤 물에 빠져 있었지만, 다행히 다리 쪽이 뱃전에 걸려 있었다.

그대로 빠졌더라면 시신도 찾지 못했을 것이다.

장한의 몸을 범선으로 끌어 올린 후 현월은 배를 몰아 부두로 향했다.

*   *   *

도착할 즈음엔 안개가 많이 흩어진 뒤였다.

그리고 부두 곳곳에서 횃불이 넘실거리고 있었다.

더불어 소란스러운 목소리가 곳곳에서 터져 나오는 중이었다.

멀리서 그들의 면면을 살핀 현월이 미간을 찡그렸다.

'좋지 않다.'

얼핏 봤을 뿐이지만 그들 중 몇몇이 은호패를 소지하고 있었다.

더군다나 장죽전의 시체는 사라진 뒤. 아마도 저들이 회수했을 것이다.

현월의 곁으로 다가온 유화란이 말했다.

"스승님도 계세요. 그 옆에는 은호방주도 있어요."

그녀 역시 상황이 심각하다는 것을 인지한 듯 미간을 좀 했다.

"이렇게 됐으니 일단 이 자리를 피하세요. 저 혼자 어떻게든 둘러댈 테니."

"이미 늦었소."

현월의 대답대로 이미 몇 척의 조각배가 범선 쪽으로 다가오고 있었다.

조각배들이 이내 범선을 포위했다.

가만히 있다간 그대로 공격당할 판국이었기에 유화란이 급히 뱃머리에 서서는 소리쳤다.

"저예요!"

그녀를 확인한 것인지 조각배들은 더 접근하지 않고 포위망만 굳혔다.

범선이 부두에 정박했다.

두 사람이 하선하자마자 흑도 무사들이 달려와 포위망을 만들었다.

유화란이 미간을 찡그렸다.

"이게 대체 무슨 짓이죠?"

"그건 내가 묻고 싶군."

칼칼한 목소리가 귓전을 때렸다.

무사들이 양옆으로 갈라져 길을 냈다.

그 사이로 백발이 무성한 날카로운 인상의 노인이 걸어 나왔다.

"은호방주님."

노인, 은호방주는 차가운 눈으로 유화란과 현월을 응시했다.

"떠날 때는 혼자가 아니었던 것으로 아는데? 둘을 잃었을 뿐 아니라 이상한 혹까지 하나 달았군."

"회동 자체가 산적들의 함정이었습니다. 항아는 놈들의 기습에 당해 목숨을 잃었어요."

"그리고 내 수하는?"

"장 노괴는……."

"어설프게 둘러댈 생각은 마라. 장죽전을 죽인 놈은 산적 따위가 아니야. 일개 산적 따위에게 당할 실력도 아니거니와, 죽전을 죽인 일격은 절정의 살수만이 펼칠 수 있는 수법이었다."

은호방주의 날카로운 눈이 현월에게 향했다.

"본 방주의 짐작으로는 자네가 그 답을 알고 있을 것 같은데?"

"은호방주의 말이 사실이더냐?"

묵직한 음성이 들려왔다.

포위망의 한쪽이 재차 갈라지며 회색 머리칼의 초로인이 걸어 나왔다.

은호방주가 날카롭다면 이쪽은 단단한 인상이었다.

바로 유화란의 스승, 사룡방주였다.

"스승님……."

"네가 먼저 말해보아라, 란아. 저 청년과는 어떤 관계이더냐?"

잠시 머뭇거리던 유화란이 결심한 듯 말했다.

"제 생명의 은인이세요."

"은인이라?"

"네. 함정에 빠진 저를 구해주고 홀로 녹림도들을 전멸시킨 분이세요."

사룡방주의 눈이 이채를 띠었다.

그것은 은호방주 역시 마찬가지였다.

"그것만으로는 설명이 부족한 듯하군."

은호방주가 대꾸하며 현월을 노려봤다.

"이제 자네가 설명하게. 자네가 오늘 벌인 일이 비단 저 아이를 구한 것만은 아닌 듯하네만?"

고민할 것도 없는 상황이었다.

이미 저쪽은 심증을 굳힌 상태고, 어쩌면 물증까지 가지고 있을지도 모르는 일이었다.

그런 마당에 어설프게 부정해 봐야 꼬투리를 잡히기만 할 터.

현월은 차라리 시원하게 인정하기로 했다.

"장죽전의 목숨을 거둔 것은 내가 맞소."

"……!"

은호방주의 눈동자가 커졌다.

그리고 그것은 사룡방주와 유화란 역시 마찬가지였다.

앞의 두 사람은 현월의 당돌함에, 유화란은 그 무모함에 놀란 것이었다.

펄럭!

은호방주는 팔을 뻗어 현월의 목젖을 움켜쥘 듯 겨냥했다.

"광오하기 짝이 없는 놈이군. 당장 엎드려 석고대죄해도 모자랄 것은, 무슨 낯짝으로 아직까지 당당히 서 있단 말이냐?"

"그자와 내 싸움은 정당한 대결이었소. 먼저 도발한 쪽도 장죽전 그자였고."

"개소리! 후방에서부터 흉부를 찔려 일격에 즉사했거늘, 말도 안 되는 소리를 늘어놓는 것이냐! 정정당당한 대결이었던들 죽전 같은 고수가 네깟 놈에게 후방을 내주었을 리 없다!"

"그렇게 믿고 싶겠지만 내 말에 거짓은 없소. 시신을 좀 더 면밀히 검토한다면 그 외에도 크고 작은 상처들이 더 있을 것이오."

"됐다! 네놈을 죽여 죽전의 원한을 갚겠다!"

현월은 은호방주의 공격에 대비하며 마음을 가다듬었다.

승산은 둘째 치고, 일단은 어떻게든 여길 빠져나갈 계획이었다.

그때 큼지막한 손이 두 사람 사이를 가로막았다.

사룡방주였다.

"이 청년은 내 제자의 은인일세."

"내 수하의 원수이기도 하다!"

"그렇다면 그 두 가지 사실은 상쇄시키도록 하지. 흑도 무인 한 명의 목숨을 거뒀으나 또 다른 무인의 목숨을 구명했으니, 그것으로 은원을 청산할 수 있지 않겠는가?"

"그 무슨 억지를……!"

"그리고 또 하나의 사실이 있네. 저 청년이 천중산 녹림 놈들을 해치우고 놈들의 재화를 강탈해 왔다는 것이지."

"……."

"또한 협의서 역시 온전히 우리에게 있으니, 결과적으로는 교섭이 틀어졌으나 우리가 모든 것을 취한 셈이 아니던가?"

"나는 내 수하를 잃었네!"

"나 역시 또 다른 제자 하나를 잃었네."

은호방주는 입을 다물었다.

비록 녹림도에게 당했다는 차이가 있긴 했지만 사실은 사실이었기 때문이다.

또한 산적 놈들이 준비한 재물이 온전하다는 사실이 그의 구미를 동하게 했다.

격노한 양 열을 내긴 했으나, 사실 수하 따위야 다시 구하면 그만이었던 것이다.

애초에 은호방주의 행동엔 사룡방주로 하여금 빚을 만들게 하겠노라는 계산이 깔려 있었다.

결과적으로는 사룡방주의 체면을 보아 넘어가 주는 형세가 되었으니 말이다.

사룡방주 역시 그걸 알면서도 넘어가 준 것이었다.

'흥. 멍청한 계집을 제자로 둔 덕에 이래저래 손해를 보는군.'

은호방주는 유화란을 힐끔 보고는 몸을 돌렸다.

"재물 분배는 자네에게 맡기지. 필시 공정하게 나눌 것이라 보네."

자기 쪽에 많이 달라는 의미. 빚을 졌으니 해소하라는 뜻이었다.

"알겠네."

"그럼 먼저 가보지."

양옆으로 벌어지는 무사들 사이로 은호방주가 걸음을 옮겼다.

그가 완전히 시야 밖으로 사라지자 유화린이 사룡방주에게 고개를 숙였다.

"죄송해요, 스승님."

"되었다. 약간의 재물쯤이야 저치에게 내주어도 상관없으니. 그보다, 너만이라도 무사해서 참으로 다행이구나."

기묘한 광경이었다.

흑도라 하여 좀 더 차갑고 이해타산적인 관계일 거라 생각했는데, 유화란과 사룡방주의 모습은 여느 사제지간과 크게 다르지 않아 보였다.

그 시선을 느낀 사룡방주가 빙긋이 웃었다.

"자네는 아마도 정파 측 무인인 모양이군. 나와 란아의 모습이 이상하게 보이는가?"

"솔직히 말하자면 그렇습니다."

"이해하네. 흑도는 어둠의 무리이니 인륜도 인정도 간단히 저버릴 거라 생각하는 건 정파인이 흔히 떠올릴 법한 편견이지."

"……"

"그러나 우리도 사람일세. 어두운 곳에서도 꽃은 피고 새는 지저귀네. 설마 정파인 모두가 완벽하다고 생각하진 않을 테지?"

"예."

"흑도 무림 역시 마찬가지네. 그 근간이 어둠에 있음은 부정할 수 없지만, 천륜마저 저버린 존재는 아니지."

유화란이 옆에서 연신 고개를 끄덕였다.

자신이 하고픈 말을 스승이 대신 해준다는 표정이었다.

그때 현월이 지나가는 투로 물었다.

"혈교도 그렇습니까?"

사룡방주의 얼굴이 순간 미세하게 굳었다.

"……힘든 질문이네만, 혈교와 흑도는 별개의 존재일세. 그걸 모르진 않으리라 생각하네만."

"그렇더라도, 방주님의 얘기대로라면 그들에게도 인륜이 있고 천륜이 있지 않겠습니까?"

"그럴 테지, 아마도."

현월은 나직이 말했다.

"전 그렇게 생각하지 않습니다."

"……."

사룡방주는 굳은 표정으로 현월을 응시했다.

'고작해야 약관도 되지 못한 나이로 보이거늘, 대체 무엇이 이 청년을 이렇게까지 비틀어 놓았단 말인가?'

조금 전 현월에게서 느껴진 살기는 보통 것이 아니었다.

상대뿐 아니라 그자와 관련된 모든 것을 세상에서 없애겠다는, 그야말로 절대적인 파멸의 맹세와도 같았다.

이는 단순히 타고난 재능만으로 가능한 일이 아니었다.

타인으로선 상상할 수도 없을 일을 경험한 자만이 지닐 수 있는 종류의 기운이었던 것이다.

'눈여겨 볼 필요가 있는 청년이로군.'

그때 유화란이 화제를 돌리듯 질문했다.

"그런데 어떻게 우릴 기다리고 계셨던 거예요? 안개와 어둠 대문에 장 노괴의 시신이 그렇게 빨리 발견되긴 힘들었을 텐데요."

"오늘 회동 자체가 함정이라는 첩보가 뒤늦게 도착했다. 그래서 원래는 수하들만 보냈는데, 장죽전의 시신이 발견된 탓에 나와 은호방주 역시 직접 나서게 된 것이다."

사룡방주는 현월을 돌아봤다.

"어떤가? 자네와는 이래저래 할 얘기가 많을 듯한데. 함께 가서 대화를 나눠보고 싶네만."

현월은 잠시 고민했다.

여남의 흑도 무림과 손을 잡게 되면 녹림도와 맞서는 데 있어 큰 힘이 될 것이다.

그러나 그것은 동시에, 현검문과는 완전히 연이 끊어질 수도 있다는 것을 의미하기도 했다.

'백도와 흑도는 양립할 수 없는 관계. 아버지께선 항상 그렇게 말씀하시겠지.'

물론 자세한 사정을 숨긴 채 뒤에서만 손을 잡을 수도 있긴 하다.

하지만 역시 긴밀한 협력 관계를 이루는 것은 아니다 싶었다.

무엇보다도 저들은 이해관계에 예민한 자들.

오늘 도움을 받는다면 훗날 어떻게든 그 빚을 갚아야 할 일이 올 것이다.

'어차피 오늘 일로 저들도 산적에게 적대적으로 돌아설 터. 일단은 그것만으로 충분하겠지.'

그렇게 결론 내린 현월이 사룡방주의 제안을 정중히 사양했다.

"아무래도 그건 좀 힘들겠습니다."

"그런가? 알겠네. 어차피 오늘만 날도 아닐 터. 언젠가 다시 만나게 될 걸세."

의미심장한 말을 하고는 홀연히 돌아서는 사룡방주였다.

*　　　*　　　*

오두막에 돌아와 보니 담예소는 세상모르게 깊이 잠들어 있었다.

그녀의 옆에는 서아현이 깨어나지 못한 채 죽은 듯이 누워 있었다.

현월은 그녀의 몸을 바깥으로 옮겼다.

달빛 아래 적당한 곳에 누인 다음, 그녀의 관자놀이를 가볍게 두드렸다.

번쩍.

반사적으로 눈을 뜬 서아현이 몸을 벌떡 일으켰다.

현월의 얼굴을 본 그녀가 말을 더듬거렸다.

"다, 당신… 대체 내게 무슨 짓을?"

"잠깐 재웠던 것뿐이오. 몸에 별 이상은 없을 테니 걱정하지 않아도 되오."

서아현이 두 팔을 감싸 쥐었다.

"날 죽일 건가요?"

현월은 고개를 저었다.

"그럼 날… 어떻게 할 생각이죠?"

"설득할 생각."

"설득이라니요?"

"내가 놓아준다면, 당신은 맹으로 돌아가 나에 대한 정보를 누설할 테지?"

서아현이 긴장한 표정을 지었다.

그러면서도 딱히 부정을 하지는 않는 걸 보니, 꽤나 고집이 센 아가씨란 생각이 들었다.

"역시 그럴 생각이군."

"그게 내 임무니까요."

현월이 고개를 끄덕이자 서아현이 쏘아붙였다.

현월은 알고 있다는 투로 말을 이었다.

"단도직입적으로 얘기합시다. 무림맹은 현검문을 도울 생각도 없을뿐더러, 도리어 소속 문파들을 단속하여 현검문을 철저히 고립시키려 하고 있소. 그렇지 않소?"

"그, 그게 무슨 소리인지 잘 모르겠군요."

"시치미 뗄 것 없소. 이미 모두 알고 있으니까."

현월이 그렇게까지 말하자 서아현의 태도도 어느 정도 누그러졌다.

단순히 누그러진 정도가 아니라, 그녀는 상당히 혼란스러워하고 있었다.

"대체 그걸 어떻게 알고 있는 거죠? 통천각 내에서도 극비 정보인데……."

'이미 처절하게 겪어 보았으니까.'

그 대답은 현월의 입속에서만 맴돌았다.

"어쨌든 거기까지 알고 있는 걸 보니 당신도 꽤나 출중한 모양이군."

"칭찬하더라도 떨어질 것은 없어요. 난 맹으로 돌아가는 대로 이곳에서 겪은 얘기를 모두 꺼내놓을 테니까요."

"그렇게 대답할 거라 생각했소."

마치 너보다 내가 한 수 위라는 듯한 태도.

서아현으로선 자존심이 상할 일이었지만 상황 자체가 현월의 손아귀에 있는지라 어쩔 도리가 없었다.

"그래서, 내 입을 어떻게 막겠다는 거죠?"

"기억을 지우는 게 최선이겠지만, 난 방술사가 아니니 그렇게는 못하겠군."

현월의 시선이 서아현을 위아래로 훑었다.

그 시선에 서아현은 자기도 모르게 움찔했다.

"죽여서 입막음하는 게 가장 편하긴 하겠지만 무고한 사람을 죽이고 싶진 않고."

"……."

"그러니 남는 방법은 하나뿐이군."

"……그게 뭐죠?"

"정보를 미끼로 입막음하는 것."

"그게 무슨……?"

의아해하는 서아현에게, 현월은 속삭이는 목소리로 말했다.

"무림맹 내에 혈교의 잔당이 남아 있다면 설명이 되겠소?"

9장

제안

현월은 가부좌를 튼 채 깊이 심호흡을 했다.

"……."

간단한 명상.

운기조식을 한다면 좋겠지만 안전이 보장되지 않은 곳에
서 할 만큼 멍청하진 않았다.

현검문의 울타리 바깥, 거기다 어제는 안팎으로 적을 잔뜩
만들어놓은 상태였으니.

겨울 초입의 시린 햇살이 콧등을 간질였다.

현월은 눈을 감은 채로 시간을 가늠했다.

아마도 묘시와 진시의 사이쯤이리라.

한동안 그렇게 명상을 하고 있으려니 담예소가 눈을 비비며 오두막 밖으로 걸어 나왔다.

현월이 있는 것을 확인한 그녀가 안도의 한숨을 내쉬었다.

내심 현월이 떠났으면 어쩌나 걱정하고 있었던 모양이다.

명상 중인 현월을 신기한 듯 바라보던 담예소가 문득 물었다.

"그 언니는요?"

"떠났다."

현월은 그쯤에서 명상을 마치고 일어났다.

머릿속이 맑아지니 육체도 자연히 개운해지는 기분이었다.

어젯밤 전투에서 얻은 상처는 대부분 치유된 뒤였다.

관절 쪽에 뻐근한 느낌이 약간씩 남아 있긴 했는데, 크게 개의치 않아도 될 수준이었다.

담예소가 재차 물었다.

"뭐하고 계셨던 거예요?"

"명상. 머리를 깨우는 짓이지."

"졸음을 쫓아내는 것처럼요?"

"비슷하다."

담예소는 고개를 갸웃거렸다.

그녀가 보기엔 졸음을 쫓는 게 아니라 그냥 꾸벅꾸벅 조는 모양새였던 것이다.

현월은 근처에 널브러져 있는 널빤지 하나를 주워들었다.

그것을 세로로 쪼개고 다듬으니 얼추 목검 비슷한 물건이 만들어졌다.

손목을 비틀어 몇 차례 휘저어 보고는 이내 허공을 향해 휘둘렀다.

별 힘을 들이지도 않는 듯한데 붕붕거리는 소리가 요란하게 났다.

이십 년치의 경험과 요령이 담긴 덕분이었다.

담예소가 그 광경을 빤히 바라봤다.

현월은 목검을 휘두르는 속도를 늦췄다.

몸 상태를 확인하기 위함이었으니 구태여 무리할 필요는 없었다.

그대로 검을 휘두르며 담예소에게 말했다.

"이런 건 처음 보나 보군."

"네? 아, 네에. 오라버니가 그렇게 힘이 센 줄은 몰랐네요."

"힘이 아니라 요령으로 하는 거다. 그보다 따로 무공을 익힌 적은 없고?"

"네. 그냥 급소를 때리는 기술 몇 개만 간단하게 익혔어요."

저잣거리의 호신술 얘기일 터.

하기야 경우에 따라선 어설프게 익힌 무공보다 훨씬 도움
이 되고는 했다.

"무공을 익히고자 하는 이유는?"

"그건……."

잠시 말문이 막혔던 담예소가 더듬더듬 말했다.

"강해지고 싶어요. 남을 괴롭히기 위해서가 아니라, 그저
남들이 업신여기지만 않을 정도로요. 제겐 돈도 권력도 없으
니까, 몸이라도 강해져야지 않겠어요?"

"강하다고 해서 꼭 좋은 것만은 아냐. 꿀이 달콤할수록 벌
레들이 더욱 꼬이는 법이니까."

"다시 말해 꿀이 없다면 벌레조차 꼬이지 않을 거란 얘기
잖아요?"

"그게 오히려 편할 수도 있다."

현월의 경험이 녹아 있는 얘기였다.

강대한 힘을 얻었지만 유설태에 의해 놀아나야 했던 과거
가 담겨 있는 한마디였다.

물론 그의 사정을 모르는 담예소에게는 귀에 들어오지도
않을 이야기에 불과했다.

"그래도 전 강해지고 싶어요. 오빠의 몫까지 무공을 익히
고 싶어요."

"……."

현월은 입을 다문 채 담예소를 어찌 할지에 대해 생각했다.

언제까지고 데리고 있을 순 없었기 때문이다.

녹림맹과의 일전이 코앞으로 다가온 이상, 한바탕 싸움판을 벌이기 전에 그녀의 거취를 정할 필요가 있었다.

아예 모르는 사이라면 모르되, 일단 연이 닿은 아이를 그냥 저버리는 건 입맛이 쓴 일이었다.

지극히 어려운 일이라면 모를까, 그게 아닌 바에야 담예소의 거취쯤은 정해주고 싶었다.

그 이후야 물론 그녀 스스로가 알아서 헤쳐 나가야겠지만.

'아마 현검문의 제자로 받아들이기는 어렵겠지.'

아버지인 현무량은 문제가 되지 않았다.

그 출신의 귀천에 따라 제자를 가려 받는 소인배는 결코 아니었으니까.

문제는 담예소의 나이였다.

현화무량공은 오랜 공부를 전제로 한다.

어릴 적부터 그에 맞는 근골을 발달시키고 오랜 기간 내공을 정제해 놓아야 비로소 제대로 된 위력을 발할 수 있었다.

담예소는 열네댓쯤 됐을 나이.

이제 와서 현화무량공에 맞는 몸과 내공을 기르기엔 너무 늦었다.

게다가 현검문은 정도를 걷는 문파.

이름난 가문 출신의 문도도 꽤나 있고 대부분 정파와 관련된 제자들이었다.

그런 그들에게 있어 저잣거리의 소매치기 출신은 좋은 먹잇감일 터.

괴롭힘을 당할 게 분명했다.

그게 담예소에게 도움이 되는 시련이라면 모르겠지만 그렇지 않을 가능성이 무척 높았다.

'정파의 이름이 우습지만.'

현월은 정파나 사파, 백도와 흑도에 대해 딱히 편견을 갖고 있진 않았다.

무림맹에서의 이십 년을 통해 세상사의 모든 빛과 어둠을 가감 없이 목도했던 것이다.

정파의 무인이라 하여 한없이 바르기만 한 것도 아니고 사파의 무인이라 하여 한없이 악하기만 한 것도 아니다.

버러지만 못한 백도도 있고, 존경할 만한 흑도도 있었다.

'백구용 같은 놈들처럼.'

물론 그것은 현무량의 잘못은 아니다.

군소 문파 치고는 거대한 규모를 지닌 현검문이니, 그의 입김이 닿지 않는 곳에 불한당 같은 제자가 있다 하여 비난할 수만은 없었다.

'어쨌든 현검문은 별로 좋은 생각이 아니다.'

그렇다면 남는 곳은 하나뿐이었다.

더군다나 그곳의 무공이라면 늦은 나이가 그리 큰 제약이 되진 않을 터였다.

"잠깐 좀 걷자꾸나."

"네? 아, 네."

담예소는 별 생각 없이 현월을 따라 나섰다.

현월은 담예소를 데리고 저잣거리의 골목으로 들어섰다.

얼마 안 가 골목 바깥과는 공기가 사뭇 다른 거리가 나타났다.

여남의 암흑가.

담예소가 주변을 둘러보며 어깨를 움츠렸다.

"저, 오라버니. 그냥 여길 나가는 게 좋겠어요."

"이곳이 두려우냐?"

"예전에 여기서 날치기를 하다 걸린 적이 있어요. 오라버니보다 머리 하나쯤은 더 큰 거한이었죠. 체구가 커서 둔할 줄 알았는데, 알고 보니 무공을 익힌 무사였어요. 손놀림이 어찌나 빠르던지 전낭에 손이 닿자마자 그대로 붙들리고 말았죠."

"……."

"그때 정말 여기서 죽는구나 하고 생각했어요. 제 얼굴보다 큰 주먹으로 사정없이 때리는데, 주변 사람들은 웃거나 야유할 뿐 아무도 도우려 들지 않았어요. 어느 할아버지께서 말리지 않았더라면 정말 거기서 죽었을 거예요."

주변을 두리번거리던 현월은 큼지막한 거구 한 명을 가리켰다.

"저쯤 되는 체구였어?"

"비슷해요."

담예소의 목소리가 기어들어 갔다.

아무래도 그날의 일이 떠오르는 모양이었다.

현월은 딱 잘라 말했다.

"저쯤 되는 것들에게도 겁에 질린다면, 무공을 익힐 생각은 포기하는 게 좋다."

"오라버니……."

"물론 죽을 각오나 용기만으로 이길 수 있다면 세상에 무술 따위는 필요 없겠지. 하지만 무공이나 기술만큼 중요한 건 정신의 올곧음이야. 죽기 직전의 상황에서도 냉정하게 활로를 찾는 것은 네 정신의 몫이니까."

아마 지금의 담예소로서는 쉬이 받아들이기 힘든 이야기일 것이다.

기본적인 마보 자세조차 모르는 아이에게 정신력에 대해 열변해 봐야 무슨 소용일까.

그래도 언젠가는 도움이 될 것이다.

현월로서는 그렇게 생각할 수밖에 없었다.

"난 지금 어느 고수를 만나러 가고 있다. 널 제자로 받아달라고 부탁하기 위해."

"어느 고수라니요? 잘 아는 분인가요?"

"어제 처음 봤다."

담예소가 멍하니 입을 벌렸다.

"겨우 만난 지 하루 된 사람에게 저를 제자로 받아달라 청하겠다는 건가요?"

"그게 가장 좋은 생각 같아서. 그리고 만난 지 하루밖에 안 됐다는 건 그리 중요한 게 아냐. 중요한 건 그자가 그 정도의 능력을 지녔고, 내가 그를 설득할 수 있으리란 점이지."

현월의 말에 담긴 속뜻을 알아챈 담예소가 고개를 푹 숙였다.

"저와 같이 있기 싫으세요?"

"그건 아니다."

"그럼 제가 방해되나요?"

"응."

딱 잘라 대답하는 현월.

어찌 보면 매몰찬 말이었지만, 상처 주지 않겠답시고 돌려 말하는 것보다는 나았다.

담예소도 그걸 알고 있기에 눈물을 애써 참았다.

그녀는 버림받는 게 아니라, 어디까지나 스승을 소개받으러 가는 것이었으니까.

"그분은 어떤 분이세요?"

"만나보면 알 거다."

그 말을 끝으로 현월이 걸음을 멈췄다.

어느 전당포 앞이었다.

현판 한구석에 네 갈래 머리를 지닌 용이 음각되어 있었는데, 여남 거리에서 굴러먹은 사람 치고 그 의미를 모르는 이는 없었다.

큼지막한 거한이 앞을 가로막았다.

"장사 안 하오."

"문이 열려 있는데?"

"손님 받으려고 열어놓은 것 아니오."

현월은 고개를 끄덕이고는 말했다.

"잘됐군. 나도 손님 노릇 하러 온 건 아니니까."

"이 새끼가 뭘 잘못 처먹었나? 좋은 말로 할 때 썩 꺼져라. 애새끼 앞에서 망신당하고 싶지 않걸랑."

현월은 대꾸하지 않고 거한의 옆을 스쳐 지나갔다.

"이런 개……!"

풀썩.

거한의 양 무릎이 갑작스레 꿇려졌다.

어리둥절해하던 거한은 이내 하반신에 감각이 없는 것을 알고는 기겁했다.

찰나지간에 양 오금을 연달아 걷어차였고, 그로 인해 무릎 아래의 감각이 마비되었다는 건 현월만이 아는 사실이었다.

"뭐, 뭐야!"

현월은 대꾸하지 않고 전당포 안으로 들어갔다.

쭈뼛거리던 담예소가 거한을 지나쳐 현월을 쫓았다.

도박꾼이나 주당들이 맡겨 놓았을 갖가지 물건이 그곳에 있었다.

보석이 잔뜩 박힌 장검이나 해동에서 건너온 것으로 보이는 청자, 낯 뜨거운 정사 장면이 그려진 춘화도 따위가 두 사람을 반겼다.

전당포 안쪽에서 작은 체구의 노인이 나타났다.

그는 한 손에 자그만 놋쇠 종을 들고 있었다.

"누군지 몰라도 간덩이가 부었군. 이곳이 사룡방의 전당포임을 알고도 횡포를 부리는가?"

바깥에서 무릎 꿇은 자세로 버둥거리는 거한을 힐끔 본 노인이 덧붙였다.

"실력깨나 있는 모양인데, 그것만으로 사룡방에 대적할 수 있으리라 생각하진 말게. 강자존의 무림이라 하나 암흑가의 힘이란 무공 하나만 있는 것이 아니니까."

현월은 노인의 말에 흥미가 없다는 듯 중얼거렸다.

"제대로 찾아온 모양이군."

"뭐라고?"

"사룡방주를 만나고 싶소. 안내를 해줬으면 하오만."

노인은 멍청한 얼굴로 현월을 쳐다봤다.

"어찌 이 소룡전포가 그분과 직통되어 있음을 알고 있단 말인가? 그 사실을 아는 이는 많이 잡아야 다섯이 안 될 터인데?"

"딱히 그걸 알고 찾아온 것은 아니오."

"뭣이라?"

"이 거리의 가게들 중 몇 곳을 살펴보니 사룡방의 상징인 사두룡이 새겨져 있더군. 그곳을 하나하나 뒤지다 보면 언젠가 방주와 연결이 되리라 생각했을 뿐이오."

노인은 망치로 한 대 맞은 기분이 되었다.

암흑가의 사룡방 휘하의 가게는 스무 곳.

그중에서도 사룡방주와 직접 연락이 가능한 곳은 이곳 소룡전포뿐이다.

놈이 그것을 어찌 알아내어 찾아온 것이라 생각했거늘, 이제 보니 그냥 얻어 걸린 것이었다.

"그러나 생각이 한참 부족하군. 그분께서, 개나 소나 만나고자 하면 만날 수 있는 사람인 줄 아는 것이더냐?"

"사룡방주가 천자도 아니고 그 위의 존재는 더더욱 아닐 테니 만나고자 하는 것이 큰 문제라고는 생각하지 않소만."

"건방진 녀석!"

노인이 놋쇠 종을 거칠게 흔들었다. 자그만 크기에 비해 꽤나 요란한 소리가 울렸다.

담예소가 두 손으로 귀를 막았다. 현월도 눈살을 살짝 찌푸렸다.

"시끄럽군."

"흥! 이 소리가 무엇인지 아느냐? 이 종의 떨림이 거리의 가게 스무 곳에 전부 전달되었다. 이제 곧 네놈을 도륙하러 사룡방의 무사들이 들이닥칠 것이다!"

그러고 보니 놋쇠 종 대가리쯤에 가느다란 실이 걸려 있었다.

아마 종의 떨림과 소리가 실을 통해 다른 가게에까지 전달되는 구조인 듯했다.

그것을 확인한 현월이 물었다.

"그들 가운데 사룡방주도 있소?"

"멍청한! 그분께서 이까짓 일에 몸소 나서실 것 같으냐?"

"그건 그렇군. 그럼 유화란은?"

노인은 한층 어처구니없다는 표정을 했다.

"감히 화란 아씨의 이름을 아무렇게나 지껄이다니. 네놈은 붙들리고 나면 팔다리를 부러트리는 것으로는 끝나지 않을 것이다."

"그래서, 그녀는 오는 거요?"

"모른다! 네놈이 지금 그런 것을 신경 쓸 때인 줄 아느냐?"

과연 얼마 지나지 않아 무사들이 우르르 몰려왔다.

다만 무턱대고 전당포 안으로 들어오진 않았다.

기괴한 자세로 제압당한 거한의 모습도 있고, 전당포의 노인이 인질로 잡혔을 수도 있기 때문이다.

잠시 바깥에서 소란이 있더니 익숙한 목소리가 들려왔다.

"누군지 모르겠지만 이곳은 완전히 포위됐어요. 괜한 물건들 부술 일 없이 나와서 담판을 짓는 게 어때요?"

노인이 반가운 표정을 지었다.

그리고 그건 현월도 마찬가지였다.

"어제처럼 말이오?"

유화란이 곧장 전당포 안으로 뛰어들어 왔다. 황당한 기색이 남아 있는 얼굴이었다.

"습격자가 당신이었어요?"

"아는 분입니까, 아가씨?"

노인이 묻자 그녀가 고개를 끄덕였다.

"아침에 말했잖아요. 내 목숨을 구해준 은인이 있었다고."

노인이 떡 벌어진 입으로 현월을 돌아봤다.

"이 애송이가?"

"내 생명의 은인이에요."

끄응 하고 앓는 소리를 낸 노인이 갑작스레 현월에게 큰절을 올렸다.

"이 미천한 것을 용서해 주시기 바랍니다."

현월은 노인에겐 딱히 신경도 쓰지 않았다.

그는 유화란에게 시선을 고정한 채 물었다.

"사룡방주를 만나고 싶소. 가능하겠소?"

"갑자기 무슨 바람이 분 거죠? 어제는 분명 일언지하에 거절했던 걸로 아는데."

"자신에게 협력하지 않겠느냐고 제안할 게 뻔했으니까. 그에게 악감정이 있는 건 아니지만 사룡방과 손을 잡고 싶지는 않소."

"그럼 오늘은 다른 일로 찾아왔다는 건가요?"

"그렇소."

유화란은 고심하는 눈치였다.

생각에 잠긴 그녀의 시선이 현월 옆의 담예소를 훑었다.

"그 아이는 누구죠?"

"사룡방주 앞에서 얘기하고 싶소만."

아마 현월의 용건과 관련이 있을 것이다.

유화란은 그렇게 짐작했다.

"……알겠어요. 따라오세요."

그녀는 그때까지 엎어져 있는 노인에게도 한마디를 했다.

"금 노괴, 그만하고 일어나요."

"예, 옙."

헐레벌떡 일어나는 노인을 보며 담예소가 키득거렸다.

*   *   *

유화란은 움직이기에 앞서 검은색 천 조각을 내밀었다.

"이걸로 그 아이의 눈을 가리세요."

사룡방주의 위치를 알리지 않기 위한 조치일 터였다.

"내 눈은 가리지 않소?"

"가려 봐야 의미가 없으니까요. 당신쯤 되는 고수라면 눈을 가리더라도 다른 감각을 통해 행선지를 파악할 테죠."

틀린 말은 아니었다. 유화란은 조금 고민하다가 몇 마디를 덧붙였다.

"당신이 내 은인이 아니었던들 이런 안내를 하는 일은 없었을 거예요. 그러니 미리 경고해 두겠어요. 만약 스승님의 거처를 외부에 알리거나 한다면, 은인이라 하더라도 결코 용서하지 않을 거예요. 그 목숨은 내 손으로 거두고 말겠어요."

"그가 날 건들지 않는 한 내가 먼저 그를 건드릴 일은 없을 거요."

"안 그래 보이는데 꽤나 오만하군요. 어쨌든 좋아요. 따라오세요."

사룡방주의 거처까지의 길은 상당히 복잡했다.

단순히 미로 같은 골목을 헤매는 것에 그치지 않고, 사람이 겨우 지나다닐 수 있게끔 파놓은 지하로까지 이용해야 했다.

지하로를 나서니 처음 보는 숲이 있었다.

여남이 대도시라고는 하나 이런 곳까지 있을 줄은 차마 몰랐다.

'그게 아니면 성벽 바깥일지도.'

유화란이 나직이 말했다.

"그 아이의 천을 풀어줘도 좋아요."

주변을 보게 된 담예소가 탄성을 뱉었다.

사실 하늘 끝까지 치솟은 듯한 대나무 숲의 경관이 꽤나 운치가 있긴 했다.

유화란은 대나무 숲 사이로 난 길을 걸어갔다.

현월과 담예소가 그 뒤를 따랐다.

반각쯤 걸으니 대나무 숲이 끝나고 드넓은 논밭과 초옥 하나가 나타났다.

그리고 한창 쟁기질을 하고 있는 초로인이 한 명.

사룡방주였다.

"스승님."

유화란이 그에게 다가가 한쪽 무릎을 꿇었다.

"죄송해요. 제 독단으로 이곳에 외부인을 불러들였어요."

"네 목숨의 값을 무엇보다 중히 여기라 한 것은 나이니 너를 탓할 일은 아니지. 나도 저 친구를 다시 보고 싶었으니 괜찮다."

쟁기를 땅에 박아 세운 사룡방주가 현월을 돌아봤다.

"일단 차나 한잔하며 얘기하세. 란아, 네가 좀 수고해야겠다."

"네, 스승님."

유화란이 초옥의 부엌으로 들어갔다.

"한나절 만에 마음을 바꾼 것은 아닐 테고, 다른 볼일이 있어 찾아왔을 테지?"

"그렇습니다."

"볼일이란 그 여아와 관련되어 있겠고?"

사룡방주의 시선을 받은 담예소가 놀란 얼굴을 했다.

"그때 그 할아버지?"

사룡방주 역시 그녀를 알아봤다.

"그 담 큰 소매치기 꼬마로군. 이번엔 이 늙은이를 털어먹으려고 온 것이냐?"

농담조의 말에 담예소가 샐쭉 웃었다.

"그땐 도와주서서 감사했어요. 할아버지가 아니었음 저, 맞아죽었을 거예요."

사룡방주가 마주 미소를 짓고 있을 때 유화란이 찻상을 들고 나왔다.

"차나 들면서 얘기하세."

사룡방주와 현월은 마루에 걸터앉았다.

유화란과 담예소는 두 사람의 대화가 들리지 않을 만큼 멀찍이 떨어졌다.

"우선은 들어야겠지. 할 말이 있다면 해보게."

"저 아이를 거두실 생각은 없습니까?"

사룡방주의 눈매가 가늘어졌다.

"단순히 사룡방에 들이겠냐는 뜻은 아니겠고, 내 제자로 받아들이라는 소리인가?"

"그렇습니다."

"뭔가 착각을 하고 있군. 란아와 항아를 거뒀던 것은 오래 전의 일. 지금의 나는 그 외의 제자를 두고 있지 않네."

현월은 고개를 돌렸다.

초옥 바깥, 백 장쯤 떨어진 곳에 외로이 서 있는 소나무가 있었다.

유화란과 담예소는 그곳에서 무언가 얘기를 나누는 중이

었다.

"담예소에게 들었습니다. 죽을 뻔한 자신을 구해준 노고수가 있었다고, 그 얘기를 들었을 때 혹시나 방주님이 아닐까 생각했습니다."

"한때의 변덕일세. 나는 여남 흑도 무림의 쌍두, 자네의 아버지와 같은 훌륭한 인사는 못 되네."

현월이 움찔하자 사룡방주가 덧붙였다.

"란아에게서 들었네. 춘부장께서 현검문의 문주시라지?"

"그렇습니다."

"자네가 내 제안을 거절한 이유를 알겠더군. 하기야 현검문의 장자가 흑도 무리와 손잡는다면 크나큰 불효가 될 테지. 어쨌든 나는 성인군자가 아니야. 단순한 호의만으로 저 아이를 거둘 수는 없네."

"호의가 아니라면 어떻습니까?"

"……."

사룡방주의 표정엔 아무 변화가 없었다.

그러나 현월은 미세하게 움찔하는 것을 놓치지 않았다.

"말씀대로 호의만으로 제자를 받지 않는 분이라면, 그때 담예소를 구한 행동이 설명되지 않습니다."

"말했잖나. 잠깐의 변덕이라고."

"순간의 감정에 휘둘릴 성격은 아니라고 봅니다만."

"......"

"방주님께선 저 아이의 자질이 아까워 목숨을 구해주신 게 아닙니까?"

단도직입적인 현월의 지적에 사룡방주는 말없이 찻잔을 들었다.

잔을 입으로 가져가 입술 끝을 적셨지만 차는 거의 줄어들지 않았다.

"넘겨짚는 경향이 심하군."

"그럴지도 모릅니다. 하지만 담예소가 살수의 자질을 지니고 있다는 것은 충분히 알고 있습니다."

"......"

"그것을 알기에 저 아이를 구했지만, 무언가 고민되는 점이 있어 제자로 거두지는 못했다. 제가 넘겨짚은 바로는 그렇습니다만."

사룡방주는 대꾸할 말을 찾지 못했다.

현월의 말이 정곡을 찔렀기 때문이다.

현월이 담예소의 자질을 눈치챈 것은 처음 대면했을 때부터였다.

비록 간단히 들통이 나긴 했다지만 어찌 되었든 현월의 지근거리까지 접근하여 전낭에 손을 댔다.

기척을 숨기는 데 있어 천부적인 자질을 지녔다는 소리

였다.

물론 살기 없는 접근인 데다 현월이 딴생각에 잠겨 있었기에 가능한 일이었지만, 그녀의 자질이 뛰어나다는 것만은 분명했다.

훈련을 통해 단련하는 것도 가능하긴 하나, 기척을 숨기는 데 있어 본디 가장 중요한 것은 태생적으로 지니고 있는 자질이었다.

애초에 현월이 암천비류공을 연마할 수 있었던 것도 자질이 딱 들어맞기 때문이 아니던가.

그리고 담예소 역시 그런 천재성을 지니고 태어났다.

기술이 부족하여 금방 붙들리고 말았을 뿐이지, 기척을 지우는 자질만큼은 천부적이라 할 수 있었다.

사룡방주 역시 첫 대면에 그것을 간파했을 테고, 그 자질이 아까워 담예소를 구했을 것이다.

그럼에도 제자로 들이지 않은 이유야 본인만이 알고 있을 테지만.

과연 사룡방주는 차를 한 모금 마시고는 입을 열었다.

"그 당시는 이미 란아와 항아를 제자로 들인 이후였지. 제자를 하나 더 키울 만한 여력은 없는 시점이었네."

"지금은 상황이 다르지 않습니까?"

"그렇기는 하네만……."

말끝을 흐린 사룡방주가 되물었다.

"그러는 자네는 어째서 이렇게까지 저 아이를 돕고자 하는 것인가?"

잠시 침묵하던 현월이 대답했다.

"가족을 잃은 사람의 심정을 알기 때문일 겁니다, 아마도."

"……자네는 그런 경험을 한 적이 없는 걸로 아네만."

현월은 피식 웃었다.

자신의 경험과 회귀대법에 대해 설명해 봐야 별 의미는 없을 것이다.

어차피 남들로서는 공감하기 힘든 경험일 테니.

"그냥, 저 역시 변덕을 부렸던 모양입니다."

"그렇군."

사룡방주가 시선을 들어 멀찌감치 있는 담예소를 응시했다.

"하나만 더 묻지."

"말씀하십시오."

"하루 만에 날 찾아온 것은, 녹림도 무리의 준동과도 관련이 있을 듯하네만."

현월은 대답하지 않았다.

이는 말 그대로 침묵이 바로 긍정인 경우였다.

"역시 그렇군. 솔직히 말해서 나는 자네가 저 아이를 미끼

삼아 우리 사룡방과 혹도 무림의 도움을 얻고자 할 거라 생각
했네. 하지만 이제 보니 그건 아닌 듯하군. 저 아이를 데려온
것은, 말 그대로 저 아이에게 스승을 찾아주려 함인 듯하네
만."

"생각하시는 대로입니다."

"자네도 알겠지만 우린 어느 한쪽을 도울 입장이 아니야.
비록 녹림 놈들에게 한 방 먹었다고는 하나, 그게 현검문을
도울 정도까진 아니지. 굳이 주적을 따지자면 현검문이
니."

"알고 있습니다."

"하나 란아의 목숨을 구해준 은인에 대한 감사 표시로, 내
개인적으로 소수나마 무사들을 차출해 줄 수도 있네. 하지만
자네는 그것조차 원하지 않는 눈치로군."

사룡방주가 현월을 돌아봤다.

"설마 그들과 홀로 맞설 생각인가?"

현월은 이번에도 대답하지 않았다.

사룡방주는 지금의 침묵 역시 긍정을 의미한다고 느꼈다.

"……저 아이는 여기에 두고 가게. 제자로 들일지 말지는
조금 더 생각을 해보고 나서 결정하겠네. 혹여나 제자로 들이
지 않더라도 당분간은 사룡방의 이름 아래 보호하겠네."

"알겠습니다."

"이 정도면 란아의 빚은 청산했다고 봐도 좋다고 보네만."

"말씀하신 대로입니다."

현월은 반쯤 식은 차를 한 입에 털어 넣고는 일어났다.

그 모습에 사룡방주는 쓴웃음을 지었다.

"무슨 차를 꼭 술처럼 들이켜는군."

"딱히 다도를 익히진 않은 몸인지라."

현월은 마당에 서서는 사룡방주에게 포권지례를 보였다.

"듣기로는 녹림도의 숫자가 물경 오백에 이른다더군. 나나 은호방주라 하여도 홀로 감당하기 버거운 숫자일세."

자네라고 다르겠는가? 사룡방주의 생략된 말을 간파한 현월이 선선히 대답했다.

"그 말씀, 참고해 두겠습니다."

"음."

사룡방주는 불편한 표정을 지었다.

원한다면 무사를 내주겠다는 의미였지만 현월은 그걸 알고서도 도움을 거부했다.

'대나무처럼 올곧은 성정인 것인가? 그게 아니라면 정녕 승산이 있다고 보는 것인가?'

혹시나 하여 한마디를 덧붙였다.

"천중산에 심어놓은 첩보에 의하면, 놈들은 야음을 틈타 습격해 올 거라더군."

산적들은 야전(夜戰)의 대가다.

그중에서도 숙달된 놈들은 한밤중에도 가파른 능선을 평야처럼 달리고는 했다.

어둠으로 인한 상대적인 제약을 감안한다면, 놈들의 전력은 오백을 가뿐히 넘는다고 봐도 좋았다.

그런데도 현월은 도리어 반기는 듯한 표정이었다.

"잘됐군요."

현월은 짤막한 한마디를 남기고서 걸음을 뗘었다.

사룡방주로서는 그것이 그저 객기에 가까운 자신감이 아닌가 싶을 따름이었다.

소나무 쪽으로 다가가니 유화란이 먼저 물었다.

"얘기는 잘된 건가요?"

"그런 것 같소."

짤막히 대꾸한 현월이 담예소에게 말했다.

"넌 당분간 이곳에 남아라. 사룡방주께서 네 거처를 정해줄 거다."

"오라버니……."

"또 볼 수 있을 거다."

현월은 유화란을 돌아봤다.

"돌아가는 건 혼자 해도 될 것 같소. 이곳의 위치는 발설하지 않겠다고 약속하리다."

"스승님께 도움은 요청했나요?"

현월은 고개를 저으며 말했다.

"가보겠소."

"잠깐만요. 그게 무슨……?"

유화란이 붙잡으려 했지만 현월은 마치 방해하지 말라는 듯, 쏜살처럼 신형을 쏘아 날렸다.

삽시간에 멀어지는 그를 보며 유화란은 입술을 깨물었다.

10장

세 번째 눈

　사룡방주의 거처를 떠난 지 반 시진 후.

　현월은 수레 하나를 구입한 상태였다.

　그것을 끌고서 저잣거리를 이리저리 오가며 별별 잡동사니를 구입했다.

　걸쭉한 등잔 기름, 싸구려 투척용 창, 몇 자루의 활과 수백 다발의 화살, 어린애 팔뚝 두께의 동아줄…….

　한창 이것저것 구입하고 거리를 떠나려는데, 그만 낯익은 무리와 마주치고 말았다.

　"네놈……!"

살기마저 어려 있는 목소리.

현검문 제자의 무리 사이에서 치를 떨고 있는 이는 백구용이었다.

그는 얼굴의 절반을 붕대로 감싸고 있었다.

특히나 하악(下顎) 쪽은 꽁꽁 여며 놓았는데, 벌어진 입 사이가 숭숭 뚫려 있었다.

지난번 현월에게 턱을 격타당했을 때 이빨 대부분이 우수수 빠져 버린 모양이었다.

그리고 보니 그와 함께 있는 문도 대부분이 그날 현월에게 당한 이들이었다.

현월의 허리춤을 본 백구용이 눈을 부릅떴다.

"내 칼!"

그제야 현월은 장검이 원래 백구용의 것이었다는 걸 떠올렸다.

"이 검, 이도 안 빠지는 게 꽤나 상품인 모양이더군. 잘 쓰고 있다."

태평한 현월의 말에 백구용이 표정을 구겼다.

이럴 땐 이를 갈며 노려봐야 할 텐데, 불행히 하악이 죄다 박살 난 그로서는 불가능한 일이었다.

"이 개새끼, 감히 나를 이 꼴로 만들고도 발 뻗고 잘 수 있을 것 같으냐?"

"지금까지는 별 걱정 없이 편히 자고 있다만."

"우리 아버지에게 이미 일러두었다! 언제까지고 편히 지낼 수 있으리라 생각한다면 오산이야!"

현월은 잠시 생각했다. 백구용의 아비 되는 자가 누구였던가.

여남의 졸부 중 하나였다는 것만이 어렴풋하게 기억났다.

백구용은 말하는 동안 더욱 열이 뻗친 듯 마구잡이로 지껄여댔다.

"절연까지 당한 네놈이 거리 구석에서 나자빠져도 네 아비는 어쩔 수 없을걸? 아니지, 어쩌면 그전에 네 아비가 먼저 뒈질지도 모르지."

현월의 눈이 순간 번뜩였다.

송곳 같은 눈초리에 백구용은 흠칫했지만 이미 내뱉고 만 말이었다.

몸을 돌려 달아나려 했으나 현월이 한발 빨랐다.

"커억! 킥!"

백구용의 멱살을 움켜쥔 현월이 싸늘한 목소리로 말했다.

"자신의 스승을 망령되게 부르는 그 주둥이부터 비틀어놓고 싶지만, 그보다 물어보는 게 먼저인 것 같군. 네가 한 말, 역시 녹림도 놈들과 관련된 얘기겠지?"

"그, 그것이……"

"보아하니 산적들과 맞서는 자리에 네놈은 없을 듯하군. 이미 마음속으로 현검문을 배신한 듯한데, 설마 문파를 위해 검을 드는 일 따위는 상상할 수도 없을 테지."

하얗게 질린 백구용이 딸꾹질을 해댔다.

"뭐, 뭘 어쩌려고······?"

현월은 백구용을 내던졌다.

결코 작다고는 할 수 없는 체구가 허공을 훌쩍 날았다.

백구용과 부닥친 현검문도들이 바닥을 나뒹굴었다.

그중에서도 가장 크게 앓는 소리를 내는 것은 백구용이었다.

현월은 낮게 말했다.

"꺼져라. 버러지를 베면 칼날이 무뎌진다."

"크윽······!"

백구용의 얼굴이 벌겋게 달아올랐다.

그럼에도 찍소리 하나 뱉지 못했다.

이미 현월에 대한 공포가 골수까지 각인된 까닭이다.

헐레벌떡 일어나서 달아나는 백구용과 문도들.

현월은 그들의 얼굴 하나하나를 머릿속에 되새겼다.

'놈들과의 일이 끝난 다음은 너희 차례다.'

*   *   *

구입한 물건이 잔뜩 담긴 수레는 여남 외곽의 동굴에 숨겼다.

그런 다음 여남으로부터 천중산으로 이어지는 대로와 소로를 탐색했다.

군담소설 등에서 쉽게 수천, 수만의 병력이 묘사되고는 하지만, 기실 수백 정도만 되어도 그 규모는 상당하다.

이동을 할 때 한 가지 경로만을 택할 리는 없었다.

현월은 대로가 갑자기 좁아지는 지형 몇 군데를 머릿속에 새겨 두었다.

그 후엔 길을 벗어나 근방 야산을 다시 탐색했다.

그중 사람이 쉽게 지나갈 수 있을 만한 산로를 파악했다.

동굴로 돌아온 현월은 몇 가지 물건들을 챙겼다.

그것을 가지고 동굴 밖으로 나갔다가, 몇 시진 후엔 빈손으로 돌아와 다시 물건들을 챙겨 나갔다.

그것을 열 번쯤 반복하고 나니 수레가 텅 비었다.

현월은 다시 성내로 돌아가 물건을 구입했다.

그것을 몇 번 반복하고 나니 이틀을 꼬박 샜다.

아직 부족하다는 느낌이 들었지만 더 이상 남은 돈도 없었다.

개털이 된 전낭을 품속에 쑤셔 넣고 나니 이틀 동안 축적된

졸음이 한꺼번에 밀려왔다.

현월은 동굴에 드러누운 채 한나절을 꼬박 잤다.

일어난 다음엔 가볍게 운기조식을 했다.

몇 차례 내공을 일주시키니 활력이 샘솟는 듯했다.

"그러면⋯⋯."

현월은 장검 한 자루만 허리춤에 찬 채로 동굴을 나섰다.

일단은 여남으로 돌아갔다.

마지막으로 남은 돈을 털어 주먹밥과 건육을 구입했다.

그런 다음 천중산과 가장 가까운 야산으로 향했다.

현월은 야산 중턱에다 파놓은 구덩이에 몸을 뉘였다.

주변 지형을 고려하여 구축해 놓은 일곱 군데의 참호 중 하나였다.

그곳에 있으니 천중산의 중턱이 훤히 보였다.

한밤중, 산 곳곳에서 일렁이는 횃불들이 똑똑히 관찰되었다.

'남은 것은 기다리는 것뿐.'

현월은 조급해하지 않았다. 언제가 되었든 저들은 기필코 움직일 것이기에.

그리고 이틀이 지났을 때.

하늘에서 눈송이가 내리기 시작했다.

'세 번째 눈.'

현월은 긴장한 채 천중산의 능선을 노려봤다.

*　　　*　　　*

한밤중.

정지된 채 일렁이고만 있던 횃불들에 큰 파문이 일었다.

수십 개는 족히 됨직한 불꽃의 행렬이 산등성이를 타고 내려가는 것이 보였다.

'시작되었다.'

현월은 횃불들이 이루는 줄기의 방향을 유심히 관찰했다.

녹림도들은 여러 갈래로 나뉘어져서는 여남을 향해 진격했다.

그리고 그중 한 갈래가 현월이 있는 지점을 지나갈 것이었다.

지형을 볼 줄 아는 자가 아에 없다면 또 모르겠지만 그런 일은 없을 터.

경험 많은 산적이라면 산의 지세를 읽는 것쯤은 무리가 없었다.

그리고 그것은 현월에게도 가능한 일이었다.

'그런데……'

녹림도들의 진군을 관찰하는 현월의 표정이 차츰 구겨졌다.

'놈들의 숫자가 오백보다 많다.'

못해도 족히 백 명 이상이 더 붙었다.

현월이 처음부터 잘못 알고 있었던 게 아닌 이상, 이는 원래부터 지니고 있던 기억과 완전히 다른 규모였다.

'나 때문인가?'

현월의 산채 습격은 녹림맹에 있어서도 상당한 타격이었을 터.

거기에 서열 오 위인 설추육까지 죽어 자빠졌으니, 놈들의 경계심은 극에 달했을 것이다.

이 정도면 병력 충원의 이유로 충분했다.

'내가 알던 과거와는 달라졌구나.'

돌아온 뒤 과거는 더 이상 그가 익히 알고 있던 과거일 수가 없다.

그렇다는 건, 예정되어 있던 미래를 바꿀 수도 있다는 뜻.

그 사실이 현월의 가슴을 맥동하게 했다.

'오늘, 이 자리에서 미래를 바꾼다.'

현검문은 멸망하고 현월은 살수로 키워져 멸제로서 불리게 되었다.

그 과정에서 유설태에게 휘둘려 혈교의 적들을 제거하게 되었고, 결과적으로 혈교천하가 열리게 돕고 말았다.

그러나 이제는 아니었다.

일군의 무리가 현월이 있는 참호 아래의 산로를 타고 올라왔다.

그들이 대략 칠십 장까지 접근했을 때, 현월은 참호에 미리 가져다 두었던 활을 집었다.

시위에 화살을 얹고서 두 발로는 땅을 단단히 지지했다.

호흡을 가다듬으며 풍향과 풍속을 피부로 가늠했다.

주변이 일시적으로 무풍지대가 되었을 때.

시위를 힘껏 당겨 장력이 최대한 치솟았을 때 놓았다.

쌔애액!

화살은 어둠을 가르고 날아갔다. 그리고 선두에 있던 녹림도의 심장을 꿰뚫었다.

퍼어어어억!

몽둥이로 가죽을 후려치는 듯한 굉음과 함께 녹림도의 몸뚱이가 허공에 살짝 떴다.

무시무시한 위력에 비명조차 지르지 못하고 절명했다.

"뭐얏!"

"적습이다!"

소란이 일며 횃불들이 요동쳤다.

현월은 횃불이 있는 곳을 향해 화살을 연달아 날렸다.

몇 발은 애꿎은 나무나 바위를 때리고 부러졌지만, 그중 상당수가 녹림도의 몸을 꿰뚫었다.

"크아아아악!"

운 나쁘게도 절명하지 않은 녹림도가 비명을 토했다.

듣는 이의 모골이 송연해지는 처절한 비명 소리였다.

"빌어먹을! 횃불을 꺼라! 놈들이 횃불을 보고 화살을 날리고 있잖나!"

"개자식들!"

녹림도들은 습격자가 여럿인 줄 알고 있었다.

하기야 혈혈단신으로 수백의 무리와 맞서려 하리라고는 생각할 수도 없을 터였다.

횃불들이 황급히 꺼지고 어둠이 찾아왔다.

그래도 현월은 불이 꺼지기 직전의 기억에 의존하여 화살을 연달아 날렸다.

피잉! 핑!

시위가 울면 살이 공기를 찢고, 그 뒤에는 어김없이 가죽이 뚫리는 소리가 났다.

횃불이 꺼지고 나니 오히려 명중률이 오르는 듯했다.

탕!

힘이 잔뜩 실린 연사를 견디지 못한 활시위가 결국 끊어졌다.

어차피 화살도 바닥을 드러냈기에 아쉽지는 않았다.

현월은 활을 내던지고 장창을 쥐었다.

그때쯤에는 녹림도들도 현월의 위치를 대강 파악한 뒤였다.

"저쪽이다!"

소리가 울린 방향을 겨냥했다.

눈을 감고서 어둠이 가져다주는 감각에 모든 것을 맡겼다.

현월이 장창을 크게 던졌다.

허공을 찢으며 날아간 창날의 끝이 녹림도와 맞닿은 순간, 녹림도의 몸이 비탈을 거슬러 일 장을 날아갔다.

"우와아아악!"

죽은 산적은 말이 없는데 옆에 있던 산적이 비명을 토했다.

동료가 허공에 들려 날아가는 모습이 어두운 와중에도 똑똑히 보였기 때문이다.

그리고 그 광경은 산적의 머릿속에 형용 못할 공포를 각인시켰다.

현월은 오른팔을 주무르며 숨을 골랐다.

장창 투척은 사격보다도 많은 근력을 요구했기에 너무 무리해서는 안 됐다.

그런 가운데 십여 명의 산적이 참호를 발견하고 다가왔다.

그들도 바보는 아니었기에 나무나 바위 등을 엄폐물로 삼아 신중하게 접근했다.

현월이 바라는 바였다.

현월은 부싯돌을 꺼내 불꽃을 피웠다.

미리 준비해 둔 관솔에다 불꽃을 옮기고는, 그것으로 참호 옆의 동아줄에 불을 피웠다.

기름을 잔뜩 머금은 동아줄이 삽시간에 타올랐다.

화르르륵!

불길이 솟구쳐서는 산비탈을 타고 올랐다.

동아는 참호 근방을 한 바퀴 빙 두르는 형태로 놓여 있었고, 삽시간에 타오른 불이 화염의 장벽을 만들었다.

십여 명의 녹림도가 그 불꽃 안에 갇혔다.

"으아악!"

"살려줘!"

비명들이 쏟아지는 가운데 현월은 전방으로 몸을 날렸다.

산로 쪽에 남아 있던 산적들은 갑자기 치솟은 불꽃과 그것을 배경으로 도약하는 그림자 하나를 똑똑히 보았다.

"노, 놈이다!"

단박에 이해됐다. 산채들을 습격했던 정체불명의 적. 그놈이 바로 지금 이놈이라는 것이.

그림자는 삽시간에 어둠에 녹아 숨어 버렸다.

산적들은 화들짝 놀라서는 주변을 두리번거렸다.

"어, 어디로 갔지?"

"놈을 찾아!"

그런 가운데 몇 개의 신형이 불길을 뚫고 뛰쳐나왔다.

"몇 놈 더 있다!"

"죽여!"

앞선 그림자보다 느린 움직임.

산적들은 손도끼나 갈고리 등으로 신형을 냅다 찍어 버렸다.

"크아악!"

"어억!"

비명을 지르며 고꾸라지는 것은 동료인 산적들이었다.

불길에 갇혀 버렸던 이들이 참지 못하고 바깥으로 뛰쳐나온 것이다.

"이, 이런!"

"우리 편이다!"

설상가상. 시체를 통해 산로에까지 불길이 옮겨 붙었다.

산적들은 당황하여 밟거나 흙을 뿌려 불을 진화하려 했다.

자칫하면 천중산으로까지 불길이 옮을 수도 있었던 것이다.

실로 기괴한 광경이었다.

불길이 활활 타오르며 나무와 바위, 사람의 그림자가 길게 늘어졌다.

사방이 너무나 환한 데다 모든 것이 붉게 물들어서, 오히려

적과 아군을 구분하기 힘들었다.

그런 가운데 산적들 사이사이에서 칼날이 번뜩였다.

팍! 퍼억!

산적들의 급소만을 노리는 쾌속의 검격.

일검이 번뜩일 때마다 산적 하나가 여지없이 나가 떨어졌다.

겨우 정신을 차린 산적들이 반격하고자 하니, 적은 삽시간에 그림자 안으로 숨어서는 조금 떨어진 자리에서 잠시 후에 나타났다.

그러고는 또 사라지는 것이다.

"이 개자식! 모습을 드러내라!"

허공에다 소리치던 산적의 모가지가 날아갔다.

불길은 바람을 타고서 더욱 거세졌다.

"으, 으아아!"

"죽고 싶지 않아!"

전열을 이탈하는 산적들이 속출했다.

우두머리라도 있다면 이탈자의 목을 쳐서 기강을 바로잡았겠지만, 산적 무리인 그들에겐 바랄 수 없는 일이었다.

그것을 확인한 현월은 지체 없이 몸을 돌려 능선을 내달렸다.

곧바로 다음 지점까지 내달릴 생각이었다.

'지금이라면 따라잡을 수 있다.'

능선을 사르는 불길을 뒤로한 채 현월의 신형이 서쪽으로 쏘아졌다.

11장

결전의 밤

"이런 개 같은!"

백자경은 뿌드득 이를 갈았다.

천중산을 출발하고 이각 뒤, 병력 중의 일부가 습격받았다는 것을 알았다.

그로 인해 야산 하나에 산불이 일었다는 것도.

그 뒤로 반 시진.

두 군데의 부대가 마찬가지로 습격을 받았다.

아니, 적은 아예 매복한 채로 녹림도들을 기다리고 있었다.

적재적소에서 허를 찌르는 매복.

그런데 도착하는 전령마다 지껄이는 내용이 한결같았다.

"하, 한 놈이었습니다."

"단 한 놈에게 동료들이 당했습니다!"

"악귀 같은 놈입니다. 산채를 습격했다는 그놈이 틀림없습니다!"

이렇게 되니 백자경이 이끄는 본대의 산적들까지 술렁이기 시작했다.

저 말대로라면 단 한 놈에게 육백이 넘는 녹림도가 도륙당하고 있다는 소리가 아닌가.

"정신 차려라, 멍청한 놈들! 고작 한 놈이 우리 부대 여럿을 박살 냈을 리 없잖느냐! 필경 현검문 놈들이 냄새를 맡고 함정을 판 것이다! 단 한 놈으로 보이게끔 위장해서 우리를 겁먹게 하려는 수작이 분명하다."

"매, 맹주님. 그렇다면 더 큰 문제가 아닙니까? 놈들이 준비를 단단히 한 모양인데요."

"흥. 그 말은 곧 현검문의 최고수들이 매복으로 빠졌다는 소리다. 장원까지 쳐들어가 있는 대로 짓밟아 버리면 그만이다. 제깟 놈들이 안 돌아오고 배길 것 같으냐? 놈들이 돌아오면 그 자리에서 육시를 내버리면 된다!"

"하지만 우리 쪽의 피해가……."

백자경은 반론하려던 수하의 주둥이를 후려쳤다.

설추육을 상회하는 완력에 수하의 몸이 허공에서 빙그르르 돌았다.

"커억!"

백자경은 신음하는 수하의 턱을 그대로 걷어찼다.

우둑 하는 소리와 함께 목이 부러진 수하가 그대로 축 늘어졌다.

백자경은 기겁하는 산적들을 향해 눈을 희번덕거렸다.

"겁먹은 소리를 지껄이는 놈은 이빨을 다 뽑아버리겠다."

"⋯⋯."

"그대로 전진한다! 본대의 이백 병력만 무사히 장원에 도착하면 나머지는 일사천리다!"

녹림맹의 본대가 다시 진격하기 시작했다.

*   *   *

현월은 네 개의 부대를 습격하고, 세 개의 부대를 교란시켰다.

자그만 규모의 산불을 몇 개 일으키는 것으로 부대의 진로를 교묘히 틀어놓고, 총 세 개의 부대가 서로를 향해 이동하게 만들었다.

산불에 질려 버린 녹림도들은 횃불까지 끄고서 이동했고,

그런 가운데 전방에서 접근하는 일련의 부대를 만났다.

그리고 그것을 적으로 인식하고는 습격했다.

약간의 시간차를 두고 또 하나의 부대가 끼어들었다.

안 그래도 혼란스러운 상황이 한층 아비규환으로 화했다.

그렇게 무려 일곱 부대를 묶어놓거나 흩트리는 사이, 일직선의 대로로 이동하는 녹림맹 본대와는 상당히 떨어지고 말았다.

'몇 가지의 함정과 장해물을 만들어두기는 했지만⋯⋯.'

좁은 길목에다 바위를 가져다 놓거나 구덩이를 파놓는 정도.

다소간의 피해야 줄 수 있겠지만 전군 자체를 막지는 못할 터였다.

실제로 본대와는 이십 리 가까운 거리가 벌어져 버렸고, 그로 인해 현월은 전력으로 경신술을 펼치는 중이었다.

한껏 내달리던 중.

돌연 전방으로부터 비수가 날아들었다.

"⋯⋯!"

조금 놀라긴 했지만 현월은 당황하지 않고 검을 휘둘러 비수를 떨쳐냈다.

"뭐야, 한 놈뿐인가?"

"설마 저놈이 산채들을 습격한 그놈인가?"

소수의 산적이었다. 현월의 기척을 간파한 것을 보면 백자경이 남겨놓은 최정예인 것 같았다.

'나를 묶어두고 장원을 치겠다는 뜻이군.'

산적 치고는 제법 머리를 썼다.

원시적인 전술이긴 했지만 혈혈단신인 현월에게 있어서는 제법 아픈 수법이었다.

현월은 지체하지 않고 허공을 박찼다.

멈추지 않고 쇄도하는 신형을 본 녹림도들이 긴장했다.

"이 새끼!"

언월도를 든 녹림도가 가장 먼저 뛰쳐나왔다.

전각을 밟는 형세와 파지법 등을 보건대, 제대로 된 무공을 익혔음이 분명했다.

언월도의 널찍한 칼날이 목을 노리고 날아들었다.

현월은 자세를 한껏 낮춤과 동시에 녹림도의 무릎을 베고 들어갔다.

녹림도는 달려오던 기세를 늦추지 않고 몸을 띄웠다.

그대로 현월의 검신을 밟고서 내리찍으려는 의도였다.

현월은 검신의 궤도를 한 치 높이고는 내딛는 전각에 내력을 집중했다.

칠성 내력의 월령보가 펼쳐지며 현월의 신형이 섬전처럼 날았다.

녹림도는 허공에 뜬 채로 정강이를 베였다.

"크윽!"

칼날은 그대로 두 다리를 끊어놓았다.

현월은 달리는 기세 그대로 나머지 녹림도들에게 쇄도했다.

그 순간 녹림도들의 눈에 비친 것은 어둠으로부터 튀어나온 듯한 악귀였다.

'좌전방.'

옆구리 쪽으로 스쳐 지나가며 역수로 쥔 검을 살짝 떨친다.

칼날은 삽시간에 뱃가죽을 가르고는 언제 그랬냐는 듯 빠져나간다.

'우측방. 쌍검수.'

귓전으로 떨어지는 두 자루 칼날.

엎드리듯 땅에 밀착하여 흘려보낸다.

곧장 두 팔로 땅을 치고 치솟아서는 왼손아귀로 목젖을 움켜쥔다.

그대로 뜯어낸다.

'후방에 둘.'

각기 상반신과 하반신을 노리며 합격을 펼쳐 들어온다.

땅을 박차 허공으로 몸을 띄우고는 한껏 비틀어 대지와 평형을 이루며 회전시킨다.

교묘하게 스쳐 지나가며 오른팔을 비튼다.

회전하는 칼날의 궤적이 놈들의 목과 눈을 스치고 지나간다.

반각이 채 지나지 않는 동안 벌어진 일전이었다.

"크아아악!"

눈이 뭉개진 녹림도가 비명을 토했다.

다리가 잘려 나간 녹림도는 땅바닥을 기며 피거품을 물었다.

그나마 그들은 목숨이나마 붙어 있었고, 나머지는 갈라진 상처로부터 따스한 핏물을 꿀렁거리며 쏟아내고 있었다.

현월은 그들의 모습을 일별하고는 그대로 몸을 돌려 내달렸다.

그 후로도 비슷한 무리를 세 번 정도 더 만났다.

그들을 처치하고 다시 달리는 동안 숨이 턱까지 차올랐다.

"헉헉… 헉."

눈앞이 어지러웠다. 내딛는 땅이 빙그르르 도는 것만 같았다.

빈속인데도 뱃속의 신물이 목구멍까지 치솟았다.

그나마 어두운 밤이기에 망정이지, 낮이었던들 벌써 탈진하여 쓰러졌을 것이다.

그래도 무리한 보람이 있어, 녹림맹 본대의 끄트머리를 따라잡을 수 있었다.

'어찌 한다?'

그대로 습격한다면 기습의 이점을 살릴 수 있다.

그러나 꼬리가 공격받더라도 전방의 머리는 계속 전진할 것이다.

자칫하면 도마뱀처럼 꼬리를 떼어놓고 몸뚱이만 달려가 버릴 수도 있다.

그러는 사이 거리라도 벌어지면 또다시 지루한 추격전을 벌여야 한다.

'추월하는 수밖에.'

현월은 측방의 숲으로 몸을 날려 내달렸다.

다행히 그러는 동안 녹림맹 본대는 전진을 멈추었다.

미리 깔아놓은 함정이 효과를 본 모양이었다.

한참을 달려 본대의 머리를 오 리 가까이 앞섰다.

현월은 그제야 멈추어서는 호흡을 골랐다.

"후우우."

당장이라도 폐가 터질 것만 같았다.

단련된 무인의 육체가 사시나무처럼 덜덜 떨렸다.

현월의 몸에서는 새하얀 김이 모락모락 피어나고 있었다.

피부 위로 떨어진 눈발이 삽시간에 녹아 버렸다.

현월은 고개를 들고서 호흡을 가다듬었다.

얼굴 위로 눈발이 떨어질 때마다 시원한 느낌이 들었다.

그렇게 반각쯤 지나니 몸이 진정되었다.

마음 같아선 운기조식이라도 하고 싶었지만 그 정도의 여유는 없었다.

그나마 다행인 것은 새벽이 오기까지 아직 시간이 남아 있다는 점이었다.

암천비류공의 공능은 지속적으로 발휘되어, 어둠이 현월을 감싸는 동안 약간씩이나마 내력을 보충시키고 있었다.

몸이 진정된 다음, 현월은 주변의 지형을 살피고 위치를 가늠했다.

다행히 마지막 참호가 가까운 곳에 있었다.

그곳으로 가서는 준비해 둔 대나무 수통을 꺼내 물을 마셨다.

그런 다음 말라비틀어진 건육을 질겅거렸다.

"후우."

뭐라도 먹고 나니 기력이 샘솟는 느낌이었다.

'이곳에서 적을 기다려도 되겠지만…….'

이제 곧 새벽이 온다.

아마 이곳까지 본대가 도착할 때쯤엔 어둠이 물러나고 있을 것이다.

물론 참호에는 활과 화살, 장창 등의 무기가 구비되어 있긴 했다.

그래도 그것과 어둠, 두 가지를 비교해 봤을 땐 역시 후자 쪽이 우위일 수밖에 없었다.

현월은 마음을 정했다.

'어둠이 물러나기 전에 놈들을 친다.'

그대로 전방을 향해 신형을 쏘았다.

활력이 돌아오니 오 리 가까운 거리를 달림에도 숨이 차오르지 않았다.

그새 본대 산적들은 큼직한 바위를 치우고 있었다.

대로가 좁아지는 길목에다 몇 개를 굴려 놓았는데, 그 덕을 톡톡히 본 셈이다.

현월은 참호에서 가져온 장창을 냅다 던졌다.

쒜애애액!

날카로운 파공음을 쏟으며 날아간 장창이 바위에 꽂혔다.

놀랍게도 그 관성에 의해 바위가 반대편으로 밀려났다.

그리고 하필 바위가 있는 쪽은 녹림맹 본대의 위치보다도 고지대.

바위는 그대로 본대를 향해 굴렀다.

"피해라!"

"으아아악!"

산적들이 비명을 토했다.

하필 길목이 좁은 탓에 자기들끼리 끼어서는 우왕좌왕했다.

그 사이로 굴러든 바위는 몇 명의 산적을 짓이기고서야 멈추었다.

백자경이 으드득 이를 갈았다.

"저 개자식은……?"

약관을 넘겼는지도 애매한 애송이였다.

피와 땀으로 범벅이 된 옷과 걸레짝과 다름없게 된 옷가지, 산발이 된 머리칼이 어지러이 흩날렸다.

그러나 그것이 거지꼴로 보이지 않게 하는 것은 놈의 눈빛이었다.

그 눈빛이 놈을 흉포한 악귀로 보이게 했다.

'보통 놈이 아니다.'

백자경은 본능적으로 그것을 느꼈다.

흉신악살이 저러할까?

눈발이 흩날리는 가운데 홀로 선 놈의 모습은 오랫동안 잊고 있던 공포를 불러 일으켰다.

녹림맹의 부대들을 습격한 것은 필시 놈일 것이다.

그간 산채들을 초토화시킨 것도, 얼마 전 설추육과 수하들을 도륙한 것도 놈일 것이다.

물증 하나 없었지만, 놈의 눈빛을 보는 순간 그러리라는 심증이 강하게 들었다.

'괴물 같은 놈!'

그러나 한껏 지쳐 있기도 했다.

더군다나 고작 한 놈에게 깨져서야, 녹림도이기 이전에 한 명의 사내로서 머리 쳐들고 살 수 없는 노릇이었다.

그렇기에 백자경은 짐승처럼 으르렁거렸다.

비록 산적 두목에 불과한 그였지만 남에게 꿀리는 것만은 참지 못했다.

"이 개자식, 그동안 제법 멋대로 날뛰었다만 그것도 이젠 끝이다."

"……."

"우리는 아직도 이백이 넘는다. 걸레짝이나 다름없는 네놈 홀로 대적할 수 있을 것 같으냐? 더 이상은 준비해 둔 함정도 무기도 없을 테지?"

현실을 지적함으로써 사기를 올리려는 화법이다.

실제로 공포를 느끼고 있던 녹림도 대부분이 이성을 되찾고 있었다.

"넌 여기서 죽는다. 우린 현검문으로 치고 들어갈 거고, 잠에서 덜 깬 놈들을 처참히 도륙할 것이다. 사내놈은 모조리 죽이고 계집은 모조리 범할 것이다."

"……."

"그 가운데엔 네놈의 가족도 있을 테지? 가족을 위해서가 아니고서야 이렇게까지 집요하게 덤벼들 리 없으니까! 그러나 그건 실수였다. 왠지는 모르겠지만, 덤빌 거라면 혼자가 아니라 여럿이어야 했다."

내내 침묵하던 현월이 입을 열었다.

"나 홀로 감당해야만 의미가 있는 거니까."

"뭐라고?"

"너희를 죽이는 건 나 혼자여야만 해. 그 정도조차 해내지 못하고서는, 앞으로 닥쳐올 더 큰 적을 감당할 수 없을 테니까."

"무슨 개소리를……!"

현월이 검을 수평으로 들어 백자경을 겨냥했다.

그 순간 백자경은 욕설을 내뱉으려던 것도 잊고서 눈을 부릅떴다.

"너희는 모두 여기서 죽는다."

"놈을 죽여라!"

녹림도들이 현월을 향해 밀물처럼 들이쳤다.

좁은 길목 때문에 자기들끼리 부딪치고 뒤엉키면서도, 그들은 떠밀리듯 현월을 향해 쇄도했다.

'저들의 등을 미는 것은 공포인 동시에 살의와 분노일 터.'

현월은 그렇게 확신했다.

그 역시 마찬가지였으니까.

*   *   *

"……."

현무량은 동쪽 하늘을 노려보며 입술을 깨물었다.

새벽이 오려면 아직도 시간이 남았거늘, 동녘의 하늘은 피를 뿌려 놓은 것처럼 붉었다.

불길이 타오르는 까닭이리라.

녹림도들이 치켜든 횃불 때문이리라.

'현검문의 역사도 여기까지인가.'

구원군을 요청했건만 무림맹은 침묵했다.

그것은 평소 가까이 지내던 여타 문파들도 마찬가지였다.

마치 작당이라도 한 것처럼.

그들이 현검문의 패망을 바란다는 것을, 현무량은 그제야 알 수 있었다.

'월이가 걱정한 것은 이 때문이었던가.'

그는 자신이 내쫓은 큰아들을 떠올렸다.

현월이 위기에 대해 얘기했을 때, 그저 화를 내며 절연을 선언한 자신이 원망스러웠다.

'미안하구나. 이 못난 아비를 용서해다오.'

마음속으로 사죄하는 현무량이었다.

그 사죄가 아들에게 전달되는 일은 없을 테지만.

"아버지……."

가늘게 떨리는 아리따운 목소리.

'그러고 보니 사죄해야 할 사람이 또 있었군.'

현무량은 현유린의 어깨에 손을 얹었다.

"미안하구나. 이렇게 된 것은 모두 내 탓이다."

"아니에요. 그런 말씀 마세요. 아버지는 잘못하신 거 하나
도 없어요."

딸의 위로는 현무량의 비애를 도리어 돋웠다.

그는 젖은 눈으로 딸을 바라보며 말했다.

"유린아, 지금이라도 너만이라면 도망칠 수 있을 게다."

"저도 함께 싸우겠어요."

"이 아비의 말을 듣거라. 네가 잘못되기라도 하면 나는 살
아도 산 것이 아니다."

"저도 마찬가지예요. 아버지와 문도들을 두고서 혼자 도망
치고 싶진 않아요."

문도들. 현무량은 고개를 들어 제자들을 돌아보았다.

숫자는 평소의 절반도 되지 않았다.

백구용을 비롯한 상당수의 문도는 녹림도가 온다는 첩보
를 듣자마자 내빼 버렸다.

그러나 그들을 탓할 일은 아니다.

도리어 이 상황에서도 남아준 제자들이 고마울 뿐이었다.

현무량은 다시 동녘을 노려봤다.

'오너라. 현검문의 검은 꺾일지언정 구부러지진 않는다.'

시간은 속절없이 흘렀다.

동녘의 하늘은 여전히 붉었다.

이제 곧 그 붉은빛이 산줄기를 넘어올 거라 생각하니 손끝이 떨렸다.

시간은 계속 흘렀다.

붉은 화광은 산머리를 넘지 않았다.

"왜… 오지 않는 걸까요?"

의아함 가득한 현유린의 목소리.

그 점에 대해 묻고 싶은 것은 현무량도 마찬가지였다.

화앗.

동쪽 산을 넘어 해가 떠올랐다.

붉디붉은 화광은 햇살에 휩쓸리듯 사라지고 있었다.

현무량은 그제야 시간이 이토록 흘렀다는 것을 실감했다.

"확인해 봐야겠다."

혼잣말을 중얼거린 현무량이 문을 넘어 달렸다.

그러나 서 있는 동안 한껏 긴장한 탓인지 다리에 힘이 풀려 비틀거렸다.

그런 아버지의 몸을 현유린이 부축했다.

"유린아……."

"같이 가요, 아버지."

현무량은 고개를 끄덕였다. 장원을 나서는 부녀를 몇몇 문도가 따랐다.

그들은 산로를 내달려 동쪽으로 향했다.

거리가 가까워지니 몇 줄기의 연기가 피어오르는 것을 확인할 수 있었다.

대로가 좁아지는 길목에 다다랐을 때, 시뻘건 무언가가 그들 앞으로 튀어나왔다.

"으아아아아!"

실성한 듯 비명을 토하는 사내.

행색을 보아하니 녹림도였다.

팔꿈치가 있어야 할 지점으로부터 왼팔이 없었는데, 잘린 것이 아니라 뜯겨져 나간 상태였다.

마치 짐승에 물리기라도 한 양.

"히이이익!"

현무량 일행을 발견한 산적이 숲 쪽으로 진로를 돌려선 달아났다.

황당한 광경에 현무량은 뒤쫓을 생각조차 하지 못했다.

"빨리 확인해 봐요!"

현유린이 일행을 재촉했다.

일행은 쭈뼛거리면서도 걸음을 빨리했다.

커다란 바위가 길목을 가로막는 지점.

그곳을 넘어섰을 때, 누군가가 믿을 수 없다는 듯 장탄식을
내뱉었다.

"허어어⋯⋯."

시산혈해.

눈앞에 널브러진 것은 셀 수 없을 정도의 시체였다.

부러진 창검과 박살 난 방패, 갈가리 찢긴 옷자락들이 질서
없이 널브러져 있었다.

그리고 그 와중에 신음을 토해내는 거한이 한 명.

"끄으, 으으으으⋯⋯."

거한의 몸엔 수십 줄기의 검상이 아로새겨져 있었다. 마치
심혈을 기울인 장인의 작품처럼.

그리고 그것은 실제로 장인의 솜씨였다.

고통을 주되 죽지는 않는 지점, 그 지점을 교묘하게 유지하
며 검상을 새겨 놓았으니 말이다.

이는 보통 악의가 아니고서야 불가능한 일이었다.

현무량 역시 평생을 검에 바친 자.

상처들과 거한의 상태를 본 순간 그 사실을 단번에 깨달았
다.

그것을 새긴 이의 가늠할 수 없는 중오의 깊이 역시.

그러고 보니 거한의 얼굴은 꽤나 익숙하기도 했다.

몇 차례 마주친 적이 있었던 것이다.

"네놈은… 백자경?"

천중산 녹림맹의 우두머리다.

아주 오래전에 스치듯 마주쳤었지만 똑똑히 기억이 났다.

현무량의 말에 반응이라도 한 것일까.

백자경의 입에서 고통에 찬 목소리가 흘러나왔다.

"이… 악귀 같은… 괴물 놈……."

백자경의 몸이 스르륵 무너졌다.

마침내 그에게 죽음이 허락된 것이다.

그리고 그 너머.

마찬가지로 피로 범벅이 된 사내가 서 있었다.

'누구……?'

현무량은 의혹에 찬 눈으로 사내를 보았다.

저자는 대체 누구인가.

천중산 녹림도에게 원한을 가진 은거 고수일까?

별별 생각이 그의 머릿속을 헤집고 있었다.

그 혼란을 끝낸 이는 현유린이었다.

촉촉이 젖은 목소리로 중얼거렸던 것이다.

"오빠……!"

그제야 현무량은 그 사내가 누구인지 깨닫고서 눈을 부릅떴다.

새벽 햇살이 부서지는 그곳에, 현월은 피로 온몸을 칠갑한 채 서 있었다.

『암제귀환록』 2권에 계속…

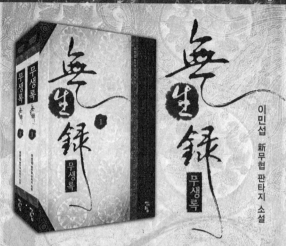

용병귀환

유왕 판타지 장편 소설

수십 년 전, 용병왕의 등장으로 생겨난
왕국과 용병의 세계.
평소엔 한없이 가볍지만 화나면 누구보다 무서운,
놀고먹고 싶은 그가 돌아왔다!

하지만 바람과는 달리 과거 그의 앙숙과 대륙의 판도는
도저히 그를 놓아주질 않는데……

"용병은 그냥, 돈 받고 칼을 빌려주는 놈들이니까."

그의 용병 철학은 단순했다.

"물론, 누구에게 빌려주느냐가 문제겠지?"

BOOK Publishing CHUNGEORAM

유행이 아닌 자유추구
WWW.chungeoram.com